ありがとうって言えたなら

来不及说谢谢你

[日]泷波由香理 著　　袁舒 译

新 星 出 版 社 NEW STAR PRESS

目录

第1话

没人能像我妈妈

※ 吵吵嚷嚷

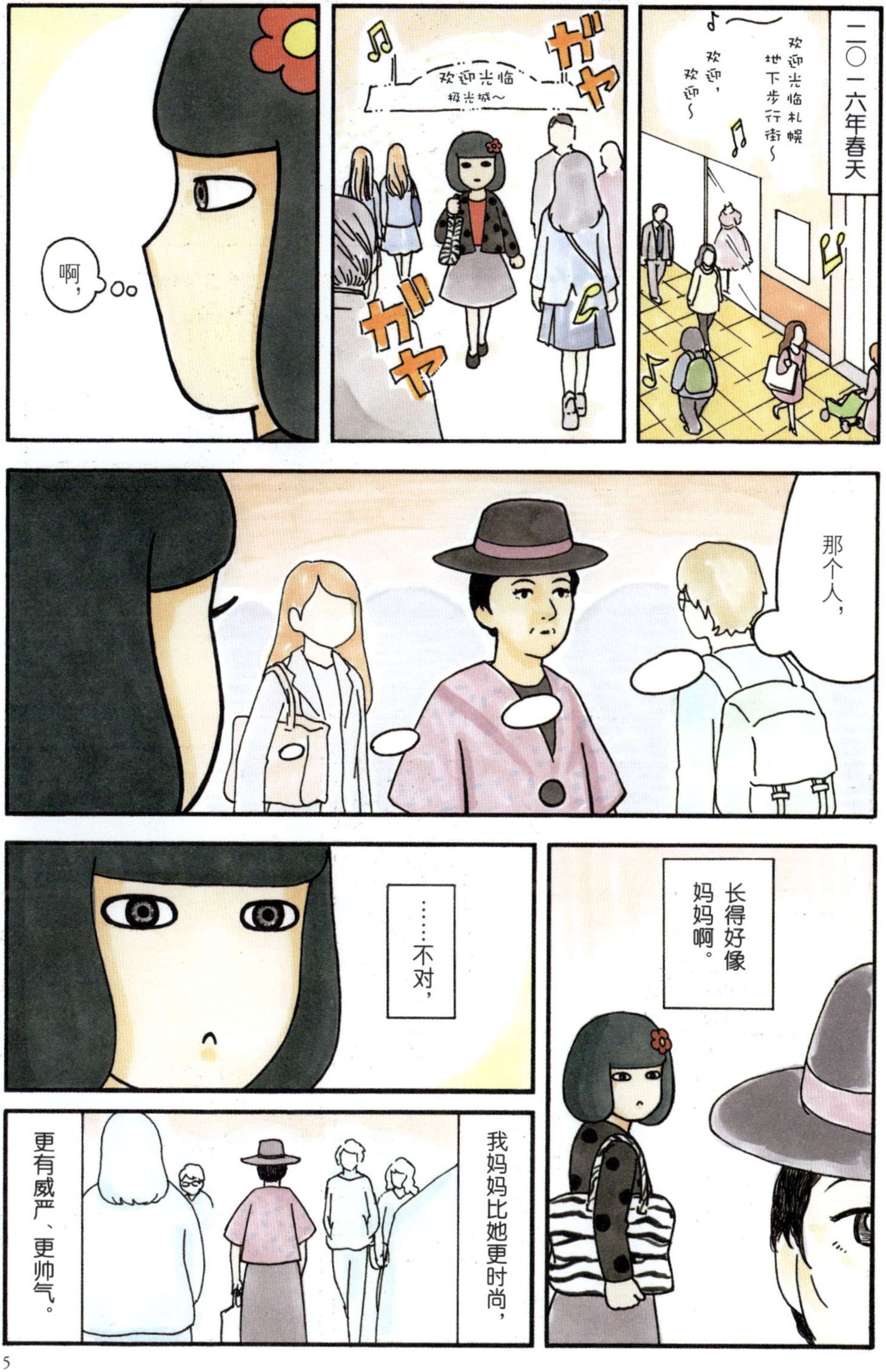
二〇一六年春天
欢迎光临札幌地下步行街~
欢迎，欢迎~
欢迎光临
极光城~
ガヤ
ガヤ
啊，
那个人，
长得好像妈妈啊。
……不对，
我妈妈比她更时尚，
更有威严、更帅气。

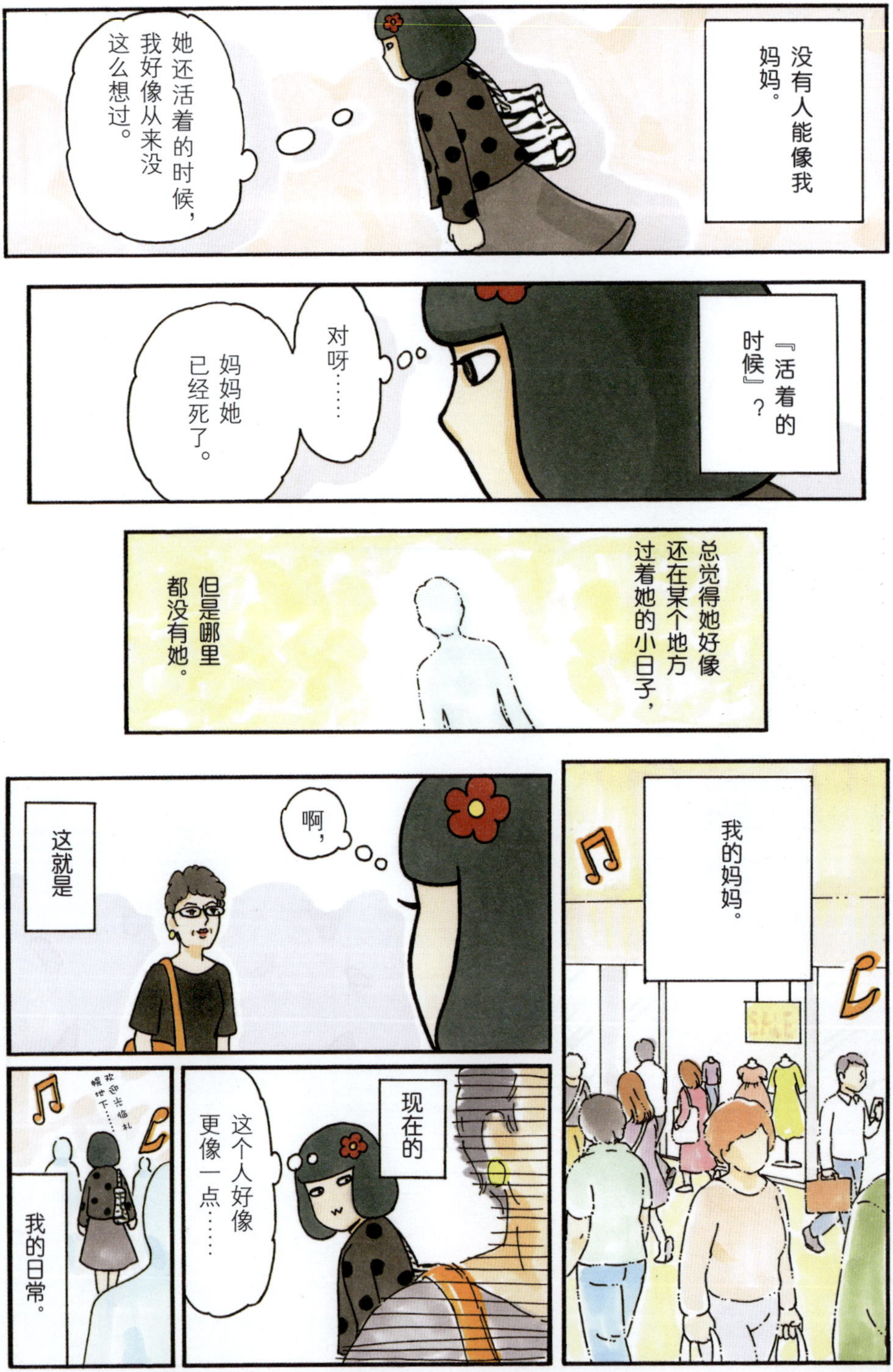

没有人能像我妈妈。
她还活着的时候，我好像从来没这么想过。
『活着的时候』？
对呀……
妈妈她已经死了。
总觉得她好像还在某个地方过着她的小日子，
但是哪里都没有她。
我的妈妈。
啊，
这就是
现在的
这个人好像更像一点……
欢迎光临札幌地下……
我的日常。

二〇一四年的春天，一切始于我姐姐打来的一通电话。
医生说胰腺上长了东西。
啊？
长了东西什么东西？
就是哇……
我姐·护士
现住大阪
她儿子①
她儿子②
咱妈从去年年底不就一直闹不舒服嘛，最近给她做了细致的检查，结果医生说胰腺有点问题。后来基本确诊是胰腺癌了，而且应该已经是晚期了。
癌症

我妈得了……
癌症?!
她明明是个连感冒
都不会得的人……
浑身上下好像
总是有使不完的
劲儿……
千惠子
六十三岁
你们几个，
别总是
懒洋洋的!!
※DUANG——
在小学的开放日上，
下手打别家孩子。
泡面头＆紧身衣
别上桌子
妈，快
住手……
※啪——
由于妆容过于华丽，
我公司的事务所
就在这附近，咱
们到那儿说吧。
豪华
貂皮
豪车
（借的）
被人追尾的时候
求、求求您
网开一面吧!
しゅるるる
经常被人误认为是
『黑恶势力的女头目』。
※吓尿了
这个
新娘子
太丑了吧!!
diss别人是
家常便饭
相册
那个大妈
烦死了!
管比自己
还小的人叫大妈
死神看见她都要夹
着尾巴逃走吧。
难、
咱妈……
竟然?
难以置信啊!
蓝(nán)以日(zhi)
信哇(ba)~
うううう
小光你撒手~
※呜呜哇哇

话说回来，胰腺癌不是那个超级可怕的病吗？
尽管不懂医学，我也知道……说到胰腺癌，
乔老爷子。
就算是大富豪也难逃一死!!
是那种超越了『有钱能使鬼推磨』级别的绝症。
是啊……确实不好办。
她自己现在还不知道。如果什么都不做的话，估计连半年都坚持不了。
如果抗癌药物能起作用的话，也许能挺个一年。

也就是说最好的情况就是，
『还能活一年』。
我靠。
也就是说……
这一年，都要在……
不停地跑医院和照顾病人中度过了……
我现在住在札幌
妈妈一个人在钏路生活
姐姐住在大阪
分散各地……
札幌到钏路就算坐JR过去也要四小时，北海道是真的大……
虽然哥哥两口子也住在钏路，
但他工作太忙了……也不好意思把照顾妈妈的事儿交给嫂子。
我是画漫画的，不光要赶各种截稿日，还要带娃。
姐姐也是一边做着护士的工作一边带着两个孩子，这可怎么办？
……我会一下子想到这么多现实的问题，
是因为九年前我们经历了看护爸爸的生活。
老爸因为脑溢血住进了医院，
爸爸我们在这儿呢～
那段时间我在老家待了一年半。
三年零六个月，老爸一直处于昏迷状态，最后就这样走了。

但是那个时候我和姐姐还都没生孩子。
孩儿他爸!!
你再不起来我就去买个大钻戒了啊!!
认真的
主要还是因为那时候妈妈身子骨硬朗……
那么坚强的妈妈……
由香理？你……还好吧？
没事吧你？
……饶

真心话
饶了我吧！！
咱爸走了还没到十年呢，
又要来这一出吗！！
我懂我懂
※ 啊～够了～～
あーもう
这几年一说话就是吵架，
最近刻意跟她保持点距离，
好不容易过上了几天安稳日子！！！
有这事啊～
没事，我来照顾。
大阪这边的好医院比钏路要多，
我想好了，下周就把妈接过来一起住，让她从我这儿去医院。
真的？！
所以你就不用操心了啊☆
讲真，我松了一大口气。
超级大实话
但是姐你又要上班又要带孩子，顾得过来吗？
是有点费劲，不过我会坚持到最后的。
象征性担心
话说回来啊～
姐姐她
还真没想到这么快就要父母双亡了。
说得清清楚楚。

当天晚上，
打完了？
嗯……不太好。
怎么……
麻～麻～
老公和女儿睡下之后，
咱们让妈妈一个人安静一会儿好不好呀？
哼—
哼—
我进入了检索时间。
『胰腺癌』『生存率』
『非常低。』
『发现的时候基本都是晚期，』
『一般情况下都活不过一年。』
靠，这病是魔鬼吗？
网上有很多抗癌日记，
但无一例外停更了一阵后，
都以家属发的一条讣告告终……
讣告
12日凌晨，
家父因病去世。
非常感谢各位读者
以来对父亲的
和支持。
啊……明明是个科普胰腺癌的网站，怎么一下子跳转到了保健品的广告？
这手法够狡猾的～
可是万一这药真的管用呢……
不不不不
一晃三小时就过去了。

妈妈她现在，
真难受……
会是什么心情啊，
一个人在老家一定很孤独吧。
先不想了不想了!!
早晨
哎呀这么好的天气!!
今天适合早点起床做便当啊。
还有什么来着……好像……
对啊，妈妈她不到一年就要死了……
ズキッ
※ 咯噔
每天早晨都会想到这个事情，然后心里咯噔一下。
麻～麻～
过来 过来
这样的日子持续了一段时间。

第2话　她的声音，格外温柔

我上次见到妈妈是两个多月前过年的时候。
一点胃口都没有!!
那个……
冰激凌倒是吃得下去。
我在老家那几天，妈妈基本上没怎么吃饭。
她说本来这些年有点发福了，但那段时间体重突然掉了好多。

是不是自主神经紊乱了呀……
去医院了没？
我去A医院验了个血，没什么事儿。
要不再去别的医院看看吧……
啊？！
要是被A医院知道我信不过他们去别的医院看病了多不好呀！
这个人想啥呢！
可是万一身体有什么问题怎么办啊？
对了，
趁现在我嘱咐你啊，
到时候我要是出了什么事儿，你去把A医院给我告了啊！！
讲真，这个人想啥呢？！
太冷了，太冷了，
肚子怎么还疼起来了。
哎哟

我说……你赶紧进被子吧。
没事儿没事儿，一会儿就好了。
蜷在暖炉前也不是个事儿啊……
真没事。
谁叫你吃那么多冰激凌的……
那个时候我还以为，她是想要得到我们的关心故意表现得那么不舒服呢。
原来是真的很难受啊……
胰腺癌患者的日记上写着，『连续发胖了几年之后突然瘦了下来』『突然开始特别想吃甜食』
UMAUMA SOFT
有好几个人都在出现这种症状之后，确诊了胰腺癌。
如果有相同症状的话，一定要尽快到医院检查。
姐姐打来电话的第二天。
还是该给妈妈打个电话吧，
但真是不想打啊……
『老妈』和『电话』……
一定是世上最相克的两样东西了。

几个月前我跟她有过这样一段对话。
我要买墓地了!!
啥?
你爸的墓不是在札幌嘛,
情绪这么高涨……
我才不想跟他埋在一起!!
我要在函馆买~
(妈妈的老家在函馆)
我思索了一会儿关于爹妈分开入土的问题。
行是行……
但是扫墓也太麻烦了吧?
所以我说,
你来给我设计墓地吧?!
卖墓地的就在旁边
你爸那时候你不也给设计了吗
差不多那种就行!!
而且我还没答应给你弄呢
啊……你要什么样的啊……?
什么样的都行!!花花图案之类的。
什么都行我怎么设计啊。
我说什么都行就是什么都行嘛!
我会出钱的。
不是钱的事儿啊!!
啊?!
……哦,
不、求、你、了!!

※ 挂断

每次都是这样，
无法预测
她会说什么
『打电话』这事儿变得异常痛苦。
但是……
好好紧张啊
也不能不打。
确实担心她……
プルルル
※嘟噜噜噜噜
啊……喂？由香理？
嗯。
你听奈绪（我姐）说了吧？
嗯。
医生说我胰腺有点问题，我自己也隐隐感觉到了。
但是万万没想到自己得了……
真是吓一跳啊。
我准备去大阪再做个细致的检查，
就算结果不好，我也有心理准备。
她的声音，
嗯……我也是。
我觉得你也先别想太多嘛。

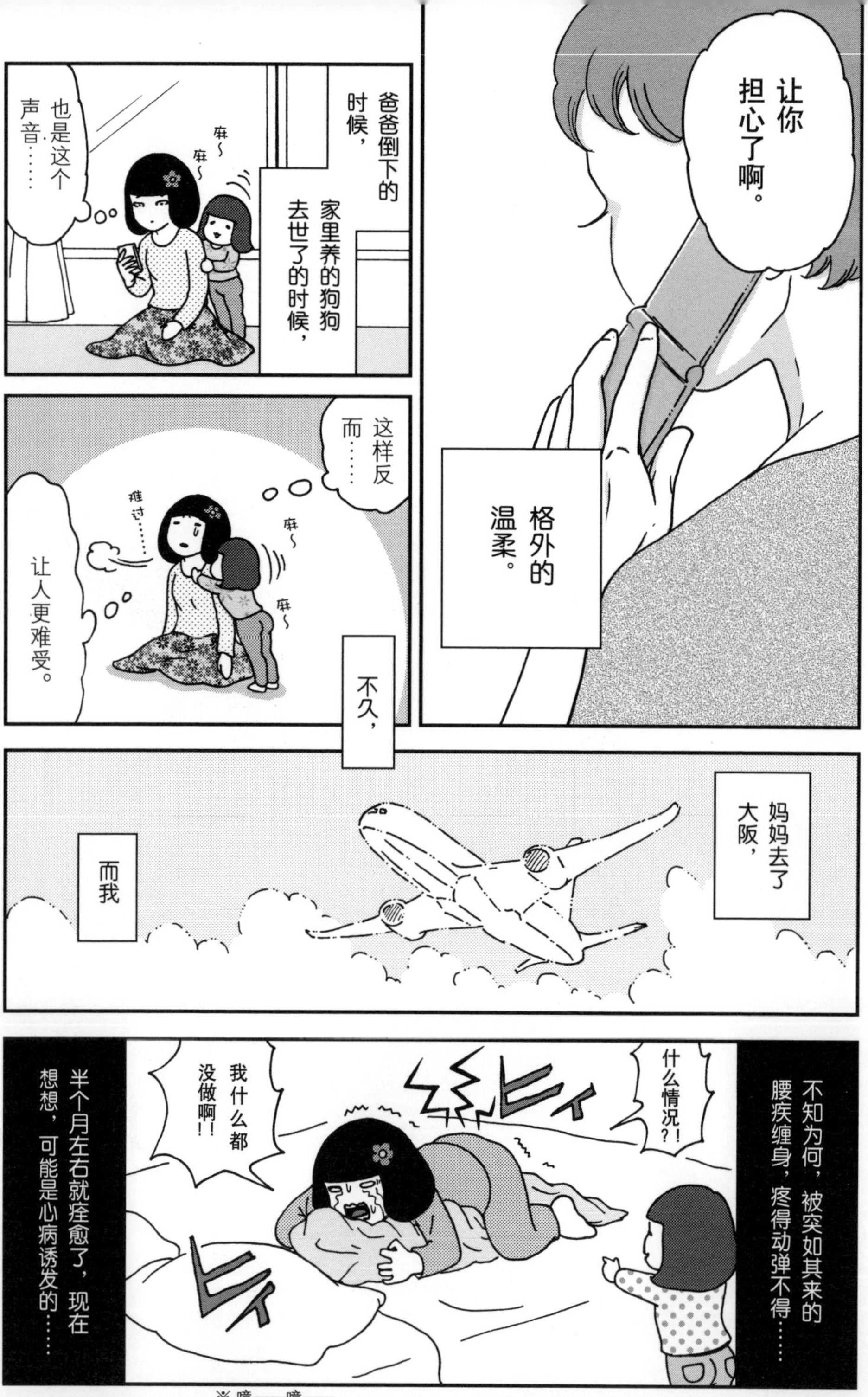
让你担心了啊。
格外的温柔。
爸爸倒下的时候，
家里养的狗狗去世了的时候，
麻~
麻~
也是这个声音……
这样反而……
难过……
麻~
麻~
让人更难受。
不久，
妈妈去了大阪，
而我
不知为何，被突如其来的腰疾缠身，疼得动弹不得……
什么情况?!
ヒィ
我什么都没做啊!!
ヒィ
半个月左右就痊愈了，现在想想，可能是心病诱发的……

※ 噫——噫——

第3话　应该告诉她吗？

第3话要讲我姐和我妈的生活。
这一次我是主角哟☆
duang☆
哎……我说你你妆也太浓了吧？你不会平时就这样上班吧？你是那种贴着假睫毛上班的护士姐姐？！
首先简单向大家介绍一下什么是胰腺~
比肚子更靠后背一点的地方
就在胃的后面
肝脏
胃
这里！
胰腺就在这里☆
胰腺在胃的后面，长度大概有十五厘米。
据说形状和鳕鱼子差不多
胰腺负责分泌帮助我们消化食物的胰液以及胰岛素等激素☆
即使得了胰腺癌也不会出现明显的症状，
……
所以它也被称作『沉默的器官』……

妈妈这半年来一直被莫名的食欲不振和倦怠感所困扰……
是精神性的？
真的是这样吗……？
这期间她验过血，也做了胃镜和肠镜，都没发现问题，所以还去看过精神科。
三月下旬
有可能是癌症啊……
最好去做个PET检查。
虽然挺贵的……
PET是检测癌细胞聚集位置的检查，可以一次性检查全身。
结果胰腺有了明显的反应（哭）
得赶快通知哥哥和由香理……
安排飞机
调整排班
我立即请大阪的医院写了介绍信，把妈妈叫到了大阪。
↗这就是第1话一开始的那通电话
在大阪的M医院，
住院检查……
开车单程五十分钟……
诊室
五岁
六个月
确定是胰腺癌，
病期是4a。
*第四期是病情发展到最后的阶段。

肿瘤大小是两厘米，
虽然从CT无法确认是否已经发生浸润，
浸润指癌细胞进入周边的器官
但肿瘤已经和大动脉缠绕在了一起，
所以无法通过手术切除。
我们建议先通过化疗控制住肿瘤的生长，
您看可以吗？
妈妈受了很大的打击，
……
听医生您的。
但似乎也由于知道了原因，心里那块石头落地了……
但是这时候
还能再活个五年吧……
嗯……
也许吧。
妈妈还不了解胰腺癌的可怕。

此时，
另一边的我……
从现在的状况来看，别说五年了，能不能活一年都是问题。
要不要试一试尖端医疗呢？
不知道重粒子线治疗怎么样？
※ 戳戳点点
所谓重粒子线治疗……
重粒子线
只针对癌细胞进行攻击
是最尖端的放射线治疗，据说对隐藏在体内深处的癌细胞也可以发挥作用。
还是先让医生看看再说吧。
驱车两小时前往兵库县的粒子线治疗中心。
※ 嗡——
我们先用导管把几毫米大小的金属部件放入体内，
然后定期来医院接受重粒子线的放射治疗。
这是全自费项目，全程下来大概是280 万日元。
插管太痛苦了，
我也不想每次都跑到这么远的医院来，更不想住院……
没事儿啊妈，我每天开车来接送你。
那也太麻烦了……还是算了吧。

虽然我是想把宝押在重粒子线治疗上赌一把的……
但最终我们还是放弃了这个方案，决定一心一意在M医院接受化疗。
吉西他滨（抗癌药），用药三周休息一周。
我再强调一遍……
开车单程五十分钟！！
每周三是化疗的日子，中午十二点把妈妈送到医院，下午五点再接她。
但凡迟到，
才来！
你在家睡觉呢吧？！
是因为路上太堵了啊……
就被臭骂……（哭）
除了癌症的症状（食欲不振、背部疼痛），
脾气暴躁
味觉障碍
倦怠感
等等
化疗的副作用也逐渐使妈妈变得焦躁易怒。
跟她住在一起的我，因为压力太大，
※接着投
使劲儿投
太好玩了~
儿童广场
一到傍晚就找时间带着两个娃去永旺，疯狂玩投币机来解压。
还挺健康的……

※ 乜哈哈哈哈哈

但是傍晚一个人在家，似乎会让妈妈更加不安……
还不回来！
你想玩到什么时候啊！！
カン
カン
还是会被臭骂……
※ 勃然大怒
我的最大的烦恼就是……
到底应不应该告诉她啊?!
医生说了只有十个月，
但是十个月也太短了啊！！
我怎么跟她说呀！！我要疯了！！
如果她有什么想要完成的事情，还是早知道的好吧。
ぐぉぉお
※ 声泪俱下
于是医生说，
如果您母亲问起，
就由我来告诉她吧。
如果说十个月恐怕太难以接受了，咱们就说是一年吧。
去做了几次化疗后，
有一次来医院……
是吗……这么短啊。
本来还想活到孙子孙女都能记住我的年纪呢。
妈妈她很冷静。
让她知道实情，也挺好的。
这样就无须顾忌什么，可以全力以赴去陪伴和支持她了。

第4话

妈妈已经建起了一道厚厚的心墙

※安——静

しーーん
二〇一四年四月
没有炒面？为啥没有炒面？啊？为啥啊为啥没有？
为了看望妈妈，
我带着女儿飞到了大阪。
烤鱼？今天没有！！
蒸鸡蛋没有了！！
毛豆也没有！！
那您这儿都有啥啊？
你，
为什么要带大家来这儿吃饭……？
我想吃炒面 吃炒面
妈妈我想吃炒面哇
从外面看像是个还不错的店呢……
像纸一样薄的坐垫……
飘逸
……就算是吧。

我跟你们说，
医生说了，
我只能活一年了。
上来就说这？！
已经听姐姐说了这个事
事情走到这一步，我心里也有挺多遗憾的。
我要吃炒面啊，妈妈～
哧哧
我要炒面嘛～喂我想吃炒面啦
但也没办法。
给你橙汁！！
我要吃炒面啊……
我呀特别想吃炒面呢
……
喂，为什么啊为什么啊为什么没有炒面啊
……
妈妈她，
已经建起了一道厚厚的心墙。
闷闷不乐……
完全不说话啊……
我姐去上班了，侄子们也送到幼儿园去了。

这个艺人看上去脑袋不太好使啊……
哼
毒舌还是在线的
总是有点心不在焉。
虽然干活儿还是很麻利，但是，
……
因为药物在起作用平时可以正常活动
ザー
※哗——
一点活力都没有。
无论我怎么动员，
公园？
你们去吧
去吧？去吧？
一起~
她都不愿意从公寓的房间走出去一步。
怎么回事啊……我准备在这儿住三天的，
但她这样我都不知道该干点什么了……我本来准备干什么来着？
来之前我的想象——
谢谢你来看我，
妈妈一定会加油的！
趁着我还能动弹咱们出去玩吧
春天的户外真是让人心情舒畅啊
现在我最担心的是……
嗯嗯
我明白
……不对，

我妈才不是这样的人!!
这是……电视剧和电影里面的桥段!!
那都是虚构的世界啊!!
因为得知了自己的寿命而变成一个温柔纯朴的人……这怎么可能……
出了这种事情，反而不可能再那么从容了才对……
先不说温不温柔，妈妈她
自闭……
其实根本还没能接受这个事实呢……
没办法……
我能做的也只有帮忙做做家务。
药局
可以外带
浪花
餐厅
啤酒
为了给姐姐减轻一点负担，我准备做晚饭！
明太子泥
芝士黄油
章
鱼
丸
虽然不是什么大餐……
孩子们爱吃的小番茄和黄瓜
炸鸡块是从店里买回来的
把山药煮得很软
裙带菜和豆腐的味噌汤
梅子干
但我尽量做得温馨……

姐姐每天下班之后还要做饭，特别辛苦！老公半夜才回来。
看上去不错嘛。
多谢了呀由香理~真是帮了我大忙了。
妈妈！！我的玩具小警车不见了啊，在哪呢啊？你给我找找呀~喂~
咻咻
这都小菜一碟。
感觉比平时有食欲了。
那太好了~
谁叫你姐平时做的饭都那么油腻，还特重口……
嘟嘟囔囔
也没有吧~
奈绪，你也多学学由香理啊！
为什么……
我每天都有好好做饭呢是吧~？
呜哇啊——玩具车去哪儿了啊——
要说这种话……！！

我妈这套『捧妹妹踩姐姐』的做法，在之后的很长一段时间里都让我为之头大……
UP
别别别
DOWN
哪有～
※浑身酸软
我……我回来了……
ガクガク
回来啦……
这么虚弱？！
什么事儿让你这么憔悴？
来……吃一口雪糕
首先……路途太远。
我妈她又那么自闭不爱说话……
加上我姐家的娃都太有活力了……
男娃真是太厉害了
我姐她明明很努力……但是还要被我妈批评。
而且第一天晚饭吃的简直就是大型尴尬现场……
这样啊……真是……辛苦老婆了……
这次大阪之行之严酷，
雪糕……还要……
让我一想到今后还要经常往大阪跑，就恨不得立刻自挂东南枝。

第5话　这种话，我不想再说了

『把妈妈交给姐姐，我只要时不时带着女儿去大阪看看她们就好。』
……
明明这样就可以了。
但是我，
啊，我又开始不停检索了……
还是感觉心里堵得慌。
Gaogle
胰腺癌 发展
胰腺癌 转移
胰腺癌 存活期
胰腺癌 妈妈
历史记录……
明明能查的东西已经统统查过一遍了，还是忍不住……
啪嗒
不能这样，不能这样。
给她发个短信吧……

时间不早了，明天再说吧……
明天打个电话好了。
两天后
2days later
SAPPORO
※开心快乐
天气真好啊~
去幼儿园接娃之前还可以到处溜达溜达~
哎呀~好开心~
不对我好像忘了什么事……啊！
我忘了跟妈妈联系！
我的情绪极不稳定，有时担心得要死，有时又完全抛在脑后。
每天都在不停地责备这样的自己……
抑郁……
我到底在干什么……？
现在明明是妈妈最煎熬的时候，我却把这事儿抛在脑后独自开心着……完全忘了要去关心她……
我和姐姐倒是保持着密切的联系。
哟，哥哥一家去大阪了啊。
LINE可真方便啊~还可以三个人一起聊天。
兄
现在去公寓可以吗？我们还有一站就到。
姊
我去迎你们。
姊
下雨啦
姊
没带伞
我哥、我姐和我的LINE聊天群
今天妈说想吃炸大虾，
下班之后我就一鼓作气炸了二十多只♡
然后妈就……

※暴跳如雷
怎么回事儿!!为什么没有味噌汤呢?!
キリキリキリキリ
……把我骂了一顿。
妈妈好过分!!姐姐好可怜!!
烦闷
喂
你进被子里睡吧
我还是不想联系我妈……
在不断累积,
特别想找个人倾诉,
并不需要得到什么意见和鼓励,
只是单纯地想都说出来。
但是很难给朋友打这么沉重的电话,亲戚就更不行了。
在这一个月里,
听说辣白菜能治癌症呢!
但是她得的是治不好的癌症。
万一有效果呢!
我的一个熟人说她试了好多招之后就好转了呢~
但是……
我深感与他人谈论癌症这件事有多么困难。
要相信奇迹嘛……
我妈的癌症,
是治不好的!!

这种话，
我不想再说了。
有一天，
送别妈妈
送给妈妈
横森 理香
妈妈得了胰腺癌，姐姐是护士，和妈妈住在一起陪她治病，
横森老师带着孩子去看她们……
跟我们家一模一样。
我遇到了横森理香老师写的关于她妈妈患病和死亡的散文集。
……这位治疗师好像很厉害的样子……
催眠疗法……
是什么来着
她在书中介绍的一位治疗师成功引起了我的注意。
于是我尝试了一次叫作『通话读取』的服务（付费）。
据说能够隔着电话读取和分析我所散发的能量，从而给我提一些建议……
ドキ
嘟噜噜噜
真的有说的那么神吗？
ドキ
感觉自己很容易被忽悠啊～～～

※ 紧张忐忑

您好，我是〇〇。
啊我那个、我是刚刚预约的泷波。
※来了——
您母亲得了癌症，
您其实非常惦记她，却总是鼓不起勇气去联系她，所以心中感到很苦闷是吧。
是、是的。
那让我来看一下
哇……感觉也没有想象的那么玄乎嘛。
……我正在看您母亲的状态，
她的心似乎沉入了一个非常深的地方。
现在完全没有余力思考您的事情。
?!
确实是……
感觉妈妈就是不肯敞开心扉……
人与人之间没有谁是单方面地想着谁，
假如A现在正在想B，那么B也会想A。
情感是会像这样产生共鸣的。
您母亲现在没有在想任何一个人。
她似乎在不断地向内封闭自己。

这种状态下，您肯定没有办法好好地关心她。
原……
原来是这样……
哇……
感觉心情一下子就轻松多了！
我们要耐心等待这种状态结束，回归接近正常状态的那一天。
好的！
我之前那种不断责备自己的心态，瞬间就消失了。
咱们还有时间，需要帮您看看前世吗？
啊？这么容易的吗？！
那就麻烦您了。
您母亲和您在过往的几生中有过几次亲子关系~咱们来看其中一个。
最近一次是……在一个武士家庭。
您母亲是您的父亲，您是个少年。
他是个不怎么管孩子的人……总是沉默寡言地一个人在那磨刀。
您看上去有些孤独。
是的，她确实不怎么管孩子。
真是一点没变呢！
哦呵呵……
嗯……家长是这样，当孩子的也够不容易的……
是的没错!!
您怎么知道？！

我还让治疗师帮我看了妈妈和姐姐的前世。
在一个沙漠国度，
您母亲是一个十八岁左右的青年，
是当地有名的怪人，总是穿着看不出是男是女的衣服，
和周遭格格不入。
是我妈没错。
错不了……
您姐姐是个五岁左右的小姑娘，
两个人虽然来自不同的部落，但有一天他们相遇了，一起玩得很好……
然后……
您母亲有一天一不小心把您姐姐
给杀了。
※扑哧
但是您姐姐觉得……
没事……无所谓的……
就安详地去世了。
太真实了……我妈现在对我姐也是特别刻薄，
但是我姐完全接受这种状态……
是的
这两个人似乎一直都是这种关系。
这……
这是为什么呀？
这里面有什么……暗含的意义吗？！

意义……没有的。
在我看来这两个人的关系也是莫名其妙的。
莫……
莫名其妙？！
无力~~……
姐姐真是不容易啊……
这个世界上并不是『所有事情都有它的意义』，
也有很多并没有什么意义的事情。
打完这通电话，
是啊——
原来是这样啊……！
我的心情一下子舒畅了。
没过多久，
哦对，现在给妈妈打个电话好了。
我可以很轻松地跟妈妈联络了。
打电话？
妈妈也逐渐敞开了心扉。
这个功能好啊！
用FaceTime视频！！
给我康~康~嘛~
接受通话读取服务，对我来说是个非常正确的选择。
因为是付费服务，所以不需要顾虑，什么都可以说。
无论是这种超自然类型的还是其他的，遇到类似情况，请记得还可以通过这种渠道来疏解哦！
Fin.

第6话　老家，要卖掉吗

※ 慌张

※ 突突突突突（语言的枪林弹雨）

我画的可都是漫画类型的呀！
遗像
给我画一幅吧？
绘画也分不同笔触的啊！
那么你要问我，我常用的笔触适不适合画遗像，那显然是不适合的呀！
……就这样，
嗯……我不怎么画那种写实类型的画……
我觉得遗像不是照片也挺奇怪的……
不是我不想画呀……只是我这种画风……
说服了她。
现在都流行比较时尚的那种，很多人都化个漂亮的妆专门去影楼拍呢……
你要不也试试那种呢？
嗯……但是我现在不想拍照片。
现在瘦得不像样子。
……也是，那给我点时间考虑下。
——我能感受到妈妈在努力做准备迎接『那一天』的到来。
虽然我很想帮她，但是……
头像画不是肖像画对吧？我哪画过那玩意儿啊？！
水彩和油画我都不会画啊，我只会用画漫画的彩笔啊我说！！
妈啊……我仔细想了想，但还是觉得不靠谱啊这个！！
我仔细思考了几天，最后还是委婉地拒绝了她。

妈好可怜~
怎么可能呢？！我画的可是漫画啊。
唉，也是~
哦对了，下周我去趟钏路。
咱妈决定把老房子卖了，你过来帮我们收拾收拾东西吧~？
啊，是吗……要卖了啊……
我们租下了现在这栋公寓的另外一间，
不想处理掉的东西可以搬到那间去。
是吗——
我从七岁住到十八岁的家……
没想到这一天还是来了。
老房子里……还有不少家具和爸爸的东西呢。
收拾起来够费劲的，
那东西准备处理多少，往大阪带多少呢？
嗯？
全部。

老家
两层楼的6LDK
新家
洋
和
和
LDK
小小的3LDK只有60平方米左右……
独门独户
租的公寓
餐桌
插花用的桌子
橱柜
装饰柜
装饰柜
架子
沙发
母
我
桌子
书桌
沙发
光是一楼客厅的一角，就有画都画不下的大量的家具……
她根本没在面对现实！！
这么多怎么可能塞得下……
没问题，我来想办法。
这能有啥办法啊！！
我说你们已经来了有三天了吧？怎么一点都没利索呢？
这种烟火气
是怎么回事！！
没有啦……这一天喂喂奶啊做做饭啊，很快就过去了……
呆——……
瞎说！
麻麻，我饿了~
哦，来了来了！
我好累，睡一会儿。
哦对了，得去拿点纸箱子……
妈妈——我想出去玩啊出去玩想出去玩啊

于是，一转眼就到了晚上……
怎么会这样
拍拍
我到底是来干吗的？！
第二天早晨
那些旧衣服可以扔了吗？
二十年前的衣服就不要了吧……？
嗯……
可以是可以……
妈妈最近瘦了不少啊……
但是你总说要扔要扔，我心里就怪难受的。
你们可能体会不到……
我也不想管这些啊！！
堆积如山的衣服
中午～傍晚
一会儿带你去公园乖啊！！
好～
哇
嘀～都四点了啊？
呃啊～
嘻嘻哈哈
公园的那边就是大自然……
都现在了你还要自己蒸米饭吃吗？！
买点吃的来不好吗？
这怎么还收拾厨房啊——
我乐意！！
晚上
这一天又要结束了～
呼～

洗完澡了没？
我进来了哦？
嗯，我洗好了。
你看我，瘦了吧。
尤其是肩膀这里……
有点……尴尬啊……
嗯……好像是啊
我现在一照镜子，
心里就特别难受。
肉都没了，胸也垂了，
转眼之间就变成了个老太婆……
啊啊，不行，
没有的事……
对了……

嗯？什么？
没什么……
我去拿一下……换洗的衣服。
什么话
都接不上来。
妈妈总是把自己打扮得漂漂亮亮的，
每天都会化妆，
希望大家都称赞自己『真美啊』。
我一直以为每个母亲都是要贴假睫毛的……
我逃了出来……
这样的妈妈，瘦成现在这个样子。
她一定比谁都更难受吧。
我以为我能理解她……
但是正因如此，我才不知道该说什么……
一晃就到了我在这儿的最后一天。
最后一袋了！这件呢？
你看有一块已经发霉了
扔……
嗯……
还是不扔……
那个用不着的柜子还是扔了吧……
好了好了，你不要再说了！
不过衣服确实是利索了不少……
是吧～？

临走时在车站，
对了照片……
大家一起拍张照吧……
？
回家了吗？
回家了吗？
哎呀~过几天不就又见面了吗!!
我不想变得伤感，
是哦……也对。
干脆利落地道别后，
你们再干两天就赶紧收工吧——
不可能
以前都是把我送到月台的……
这几天看她一直不舒服，真是心疼。
在电车上忍不住哭了出来。
之后，
哈？
之后两天把所有东西都打包好……
送到大阪后……
全都塞进了3LDK的小房子里……？
塞一塞就装下了~☆
所以我说，要全部吧！
嗯……是在下输了……
努力就能做到呢☆
在搬家这件事上，妈妈还真是成功实现了她的荒唐要求。

第7话　还能潇洒多久呢

现在
我只能吃寿司。
这……并不是什么美食通富婆说的话……
而是因为化疗的副作用，
商场美食街的寿司店
出现了味觉障碍的我妈说的话……
每次都吃这几样
海螺 鲷鱼 海胆 北极贝
whelk
Sea bream
Sea urchin
Surf clam
怎么样？
嗯，
这个的话，还能吃得下。

据说一旦产生味觉障碍，吃什么都觉得没有味道，或者觉得发苦。
但也只能吃下四个。
无论吃什么都不会觉得好吃……
本来就没有食欲……这样会越来越瘦的。
给妈妈的饭，只选她能吃的东西来做。
粥
鱼
咸菜
这个咸菜我吃不下。
那我还是去买上次那个吧——
而且一样东西能不能吃也要看当时的情况……
比如，妈妈说她想吃『鲅鱼』，
我就颤抖着去高级食材卖场买了个～贵的。
结果她只吃了一口……（哭）
而且无论我怎么下功夫，
她都不会感谢我。
算了算了，我吃好了。
没事……
真的没什么好谢的……

郁闷情绪的发泄口还是永旺的投币机……
噔噢噢噢噢噢噢
※锵锵锵
妈妈你好厉害！
嗡 嗡
不停地发短信来催人回家
从确诊到现在四个月了，病情没有明显的恶化。
抗癌药用打点滴的
止疼药用来缓解腹部和背部的疼痛
在两周一次的化疗（吉西他滨）和止疼药（洛索洛芬钠片）的作用下，得以保持正常的生活状态。
但在心理上还是很自闭。
想见的人？没有。
我不想跟别人说癌症的事儿，
也没什么想去的地方。
有一个碰巧跟妈妈在同一时期得了癌症的熟人，
跟这个人倒是会打电话聊一聊癌症的事。
有『癌友』是个很重要的事情！！
有说有笑的！！
……就这样，我们一家都尽力配合妈妈的状态过日子。
注 没秃
但是因为有秃头（对老公的爱称）和孩子们在，我也不能总是闷在家里……
所以……

休息日
去堺收获之丘
挑战卡丁车
umie
KOBE
去神户
umie 购物
可不能让你闲下来~!!
在甲子园球场看夏天
的高中棒球赛
冲冲冲
武修馆!
MY
母校
パポポー
パポポー
ワー
ワー
大正烟花大会
大阪世博会纪念公园

※ 哇——哇——　　※ 啪啵啵——啪啵啵—

今天也好开心啊~~~
睡觉都是大通铺形式
即便再开心，我们也不会对彼此说
『明年再来吧』之类的让人有所期待的话。
也不知道还能这样潇洒到什么时候，
也就今年了吧……
明年一定就不是这样了，
每次都抱着这种心态，希望妈妈能尽情地去享受当下这段有限的时间。
虽然……这很残忍……
『一定会好的。』
如果是其他的癌症，我可能会这么说。
即便是谎言，安慰她『一定能好』也不是坏事。
但是如果那样说了，我和妈妈就没办法勇敢地面对这一切了……
有一天早上……
坐起
好困……
……？
秃头和妈在说话？
啥情况？
然后我生奈绪的时候啊……

那是结束工作后凌晨回到家的秃头在那里一直~~~听妈妈说话的画面……
没秃
哦~
可把我累坏了~
咱妈跟我讲了很多好玩的事~
你真不累啊……
你就这么听了三个钟头啊？
对和妈妈一起生活这件事没有一点点不满的丈夫和……
这个？这是车车。
千千看我看我，看见没？
呜~呜~!!
无论『千千』有精神还是没精神，
快看我
呜~
把裤衩给我穿上!
都不往心里去的孩子们。
超喜欢小孩子，看上去特别高兴
呜~呜~
来~给你吧~♡
虽然也很累……但因为有他们在，
我感觉我还可以坚持很久很久。
但是精神压力还是有的……
噗哈~~~
ゴッ
ゴッ
ゴッ
爽!
※吨吨吨
于是我学会了绝活儿『1.5升可口可乐对瓶吹』……♡

第8话 我们也在『完美的幸福』之中

夏威夷的钱，明细发过去了，你有空给我打过来就行！
*这是我哥
所谓『夏威夷的钱』……
好嘞，知道啦。
我看看……
一家三口札幌→关西机场→檀香山的旅费加上住宿费
50万……
真的假的？这么贵的吗？夏威夷这么贵的吗……
肉疼……但是……我们必须要去。
因为夏威夷可以说是我们泷波家族的『第二故乡』了……

※ 刺痛

事情始于我十岁左右的时候……
父亲
大家一起去夏威夷吧。
不知为何突然开启了夏威夷旅行开关的父亲……
JAMES DEAN
还有加长车到机场来接我们
从那以后，我们家每年都会去夏威夷度假。
居然还在那儿办了一场婚礼。
这么大的孩子完全不懂这种浪漫
怎么又结婚？
说实话
我们家是不是超有钱啊？
那时候我甚至有种幻觉……
父亲去世后，
为啥咱家这么穷？
各种明细
什么为什么，
因为夏威夷啊。
一般人都会为退休之后的生活存下一笔钱，但我家把这笔钱全都献给了夏威夷……
毫无计划性……
顺便说，我父亲还在遗书里写想把骨灰撒在夏威夷，我们就给他撒到了瓦胡岛附近的大海里。
这个撒骨灰的服务也是价格不菲。
因为有着这样的过往，自从妈妈查出癌症之后，
这个月Ok吗？
我没问题
秃头估计去不了
我们兄妹自然就开始商量什么时候再去一趟。
二〇一四年十月，万事俱备。
哥哥一家在羽田转机
我们一家在关西机场和妈妈姐姐她们汇合
泷波一家久违的夏威夷之旅开始了。

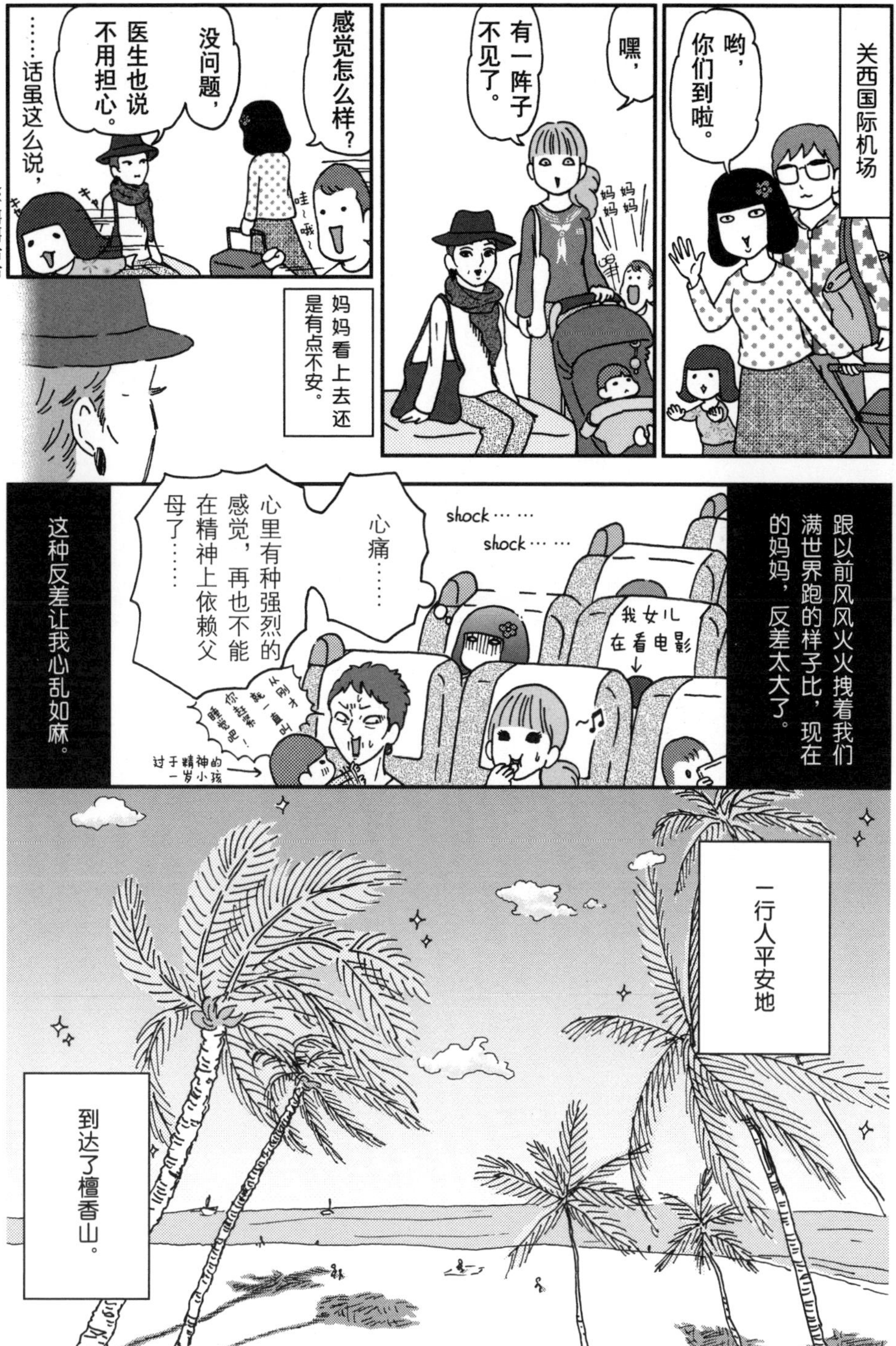
关西国际机场
哟，你们到啦。
嘿，
有一阵子不见了。
妈妈
妈妈
感觉怎么样？
哇~哦~
没问题，医生也说不用担心。
……话虽这么说，
※嘻嘻哈哈
妈妈看上去还是有点不安。
跟以前风风火火拽着我们满世界跑的样子比，现在的妈妈，反差太大了。
shock……
shock……
我女儿在看电影
心痛……
心里有种强烈的感觉，再也不能在精神上依赖父母了……
从刚才一直叫
过于精神的一岁小孩
这种反差让我心乱如麻。
一行人平安地
到达了檀香山。

成员介绍
*姐夫因为工作原因不参加本次活动
我老公
我哥
嫂子
我姐
我妈
晚饭去哪呢?
我能去趟苹果店吗?
别跑
哥哥家的儿子
我已经标注好了
可以多人用餐的地方。
她说她想吃龙虾!
龙虾的话，我觉得可以吃得下……
忘带转接头了……
哇
什么呀
哥哥家的女儿
我女儿
我们玩公主游戏吧～
那我是艾莎♡
哇
哇
我
姐姐家的儿子1
ゾロゾロ
姐姐家的儿子2
※浩浩荡荡
六名大人（其中一名病人）
五名儿童（其中四名随时可能走失）
太……混乱了。
哇—
嗷—
什么?!
什么?!
第一天的晚饭是在『海鲜村庄』吃的。
尿了?!
不是?!
啊他是困了吧!!
※哇—
ワ
水杯打翻了!
嗯……真是的……
妈妈我想玩游戏
味道……我不记得了……
第二天
我们去了能玩水的『wet&wild』乐园。
所有人都能活着回去吗……
……这将是一场恶战啊……
这么大的地方根本看不过来好吗!!
稍不留神……就会出人命的那种!!
四个娃全部跑开各玩各的的场景，简直是地狱……

虽然这次是为了妈妈来的……
看上去有些无聊
但小孩子一多，
就顾不上别的了。
等会儿！！先别过去！！
这种情况下，
我姐开始偷偷抽烟，
正在戒烟
然后被妈妈发现臭骂一顿……
你在那干吗呢！！！
大人也不让你省心。
哥，你怎么背着包就下水了?！
里面有相机呢喂！！
气喘
吁吁
看来妈现在的状态还不错。
刚才那一嗓子，
妈妈的威严还在。
第二天晚上
疯狂拍照的我姐
妈妈也比平时吃得多
在『Tanaka of Tokyo』享用了晚餐
非常美味
第三天和第四天的白天
这里有浪，死亡的可能性比在游泳池又高了一点……
我一直陪着孩子们在海边玩。
夫
兄
一边看着行李一边确认四个孩子的动向
但如果不让孩子们玩爽了，这一天就无法好好结束！！
第三天，妈妈尽情地享受了购物，食欲也不错。
在阿拉莫阿那购物广场

第四天，妈妈从早上开始就不太舒服，没有起床。
估计今天不太行。
好吧……
我们还特地给妈妈打包了一份网红松饼，
她也没吃。
Eggs'n Things
上面有一大坨奶油的那种
但是，
下午她就复活了!!
怼怼我姐就是复活的证明
哎我说!!
你差不多行了啊!
按照计划，我们登上了日落游轮。
NAVATEK 1
Cruises
哇——
ワイワイ
※吵吵闹闹
好美啊……

我们后边那桌坐着一对老夫妇，
一直握着对方的手！！
据说在进行结婚五十周年的蜜月旅行。
被叫上台隆重介绍了一番
真好啊，
身体都健康……
我感觉自己好像看到了『完美的幸福』的模样，有些伤感。
但是在一旁，
舞蹈环节到了，来吧。
不了吧~怪不好意思的。
妈妈被五个外孙外孙女围着，
开心地跳着舞。
对，
是呀……
我们也在『完美的幸福』之中呢。

最后一天，
他们是下午的航班，时间还很宽裕。
拜拜～！
和哥哥一家子道别，我们去往机场。
在去机场的小型巴士上，
哎呀你看，那个酒店咱们以前也住过。
拿来，给你
好吃吃。
呜
舍不得
呜
这一片咱们基本都住过！！
还租过配套公寓呢！
※滔滔不绝
我说……
别的游客都听得一清二楚的……
还去了毛伊岛！！
跟炫耀似的，好丢人……
哎哟喂，真是的——能不能别这样啊！！
在旅途的最后一程，妈妈还是拿出了她『最本真的一面』。
顺便说一下……
虽然这次我基本上没什么购物的时间，
但还是买到了一点点很喜欢的寿司周边，不错不错！

第9话　我不想比现在更讨厌妈妈了

二〇一五年元旦，
我们去大阪拜年。
呀，都在呀，新年好啊~
从我老公老家神奈川过来的小分队
新年好☆
有马温泉挺不错呢！
从温泉度假回来的小分队
车站的美食街
感觉……最近咱们见面有点频繁啊。
夏威夷、钏路、大阪，
每次见面的地方还都不一样啊。
上个月钏路的老房子找到了买家，
嗯？你自己来的吗？
把孩子也带来玩玩多好啊！
上次不就因为带了娃啥都没干成吗！！
为了把房子彻底腾空，我们又在钏路见了一次面……

※ 吵吵闹闹
ワイ
ワイ
姐姐怎么都没吃饭啊，换尿不湿去了吗？
妈妈去哪儿了啊~
幼儿园可好玩了。
快上中班了是吧？
那……应该特别疼吧？
咱妈最近怎么样？
今天看起来不错呢。
没事儿，快睡着了~
我来抱吧？
平时呢？
最近有时候做不了化疗。
白细胞不够
做不了化疗癌细胞就会长，
成苗长壮~
然后就会疼。
真乖~♡
嗯，相当疼。
之前的止疼药都不管用了。
现在用的都是医用麻药。
这么严重……
下次就该去扫墓啦，三月在札幌见吧！
回见~~~

像昨天那样，
大家在一起的时候倒没什么。
UMA BEER
生ビール
到头来一分钱都不给我，你说气不气人。
能……能体会啊，
但是年金不就是这样嘛……
但是一打电话就不行是吧？
对……
前几天……
我辛辛苦苦交的年金，
真想把我交的钱都给要回来，
你们都体会不了我的感受。
突然开始特别不高兴地跟我说起年金的话题……
FLY
那个……但是你看，
我老了的时候，
都不知道还有没有年金这个制度呢!!
……本来是想说来宽慰她的。
※补刀
ズバッ
对呀!!
你们到时候
绝对
一分钱都拿不到!!

但是我这还算好的，
据说前几天姐姐跟她正面硬刚了一次。
※火星四溅
不知怎么就闹了别扭……
※咆哮
你以前对我做的事情我还没原谅你呢!!
……确实不是一场愉快的对话啊。
是吧……之前她总是一个人闷着，从秋天开始好不容易慢慢地敞开心扉了，但似乎也开始有心力迁怒于别人了。
而且她觉得『一分钱都拿不到』是对我们的忠告……
你说的是什么话啊!!
看看你，一天到晚这么懒!
什么事情都不肯为我做!!
然后姐姐就哭着给我打电话说『我明明很努力了』……
真是太过分了……
明明又做饭又跑医院的，一个人全干了……
能说出『什么都不肯为我做』这种话也是了不起……

从前就一直是这样……
从来没有愉快地聊过天。
你看你爸多过分呀！
每晚循环播放
我还得写作业呢……
高中生
你要跑吗？！
都是因为那个男人，我的人生才会这么辛苦！
说我爸呢……
人都不在了……就别再说了。
带着孩子回老家看看
什么？！
那你说，我的委屈该找谁说呀？！
至少不应该总跟孩子说这些吧……
『妈妈』和『讨厌的对话』总是成双成对。
即便『时日不多』了，
这个规律也不会变。
受到暴击之后会变这样
是不是只要我忍着就没事了呢，
我该怎么办呢……

……因此，
点点
戳戳
为了解决心中的郁结，
和家人的关系
~身体心理疗法
哈科米疗法
我去尝试了心理治疗法！
这种时候我总是行动力很强……
您的母亲已经时日不多，但每次和她交流都让您感到痛苦，对吧？
是的。
这种心理疗法不用把烦恼用语言具体地描述出来，
请把背部倚在沙发上，让自己放松下来，
眼睛可以一直闭着。
而是通过把意识转向自己的体内，去关注自己的潜意识。
话都不用说真的能解决问题吗？
身体还有没有哪里感觉僵硬的？
嗯……后背吧……还有点紧绷。
那就请把意识集中到后背……
请描述一下这种感觉。

有点不踏实的……
这种感觉，
不踏实的感觉是吗？
我们继续来专注于这种感觉。
好奇怪……
就好像把眼睛翻转过来，看到了自己体内的宇宙空间一样。
无论是什么样的情绪，在这里都请承认并正视它。
虽然我的意识是清醒的，
但是治疗的具体内容几乎都记不起来了。
但是最后——
在那里的正是您对母亲的印象对吧？
是的。
您现在是什么感受呢？
……
『我不想比现在，
更讨厌妈妈了。』

ポロ
ポロッ
……与此同时眼泪涌了出来。
!!
※ 吧嗒
什么——
我竟然是这么想的——!!
没关系，不用止住眼泪，继续感受这种情绪。
杂念
太棒了!!成功了！看来还是有效果的……钱没白花~~~
『不想变得比现在更讨厌她』
『在她走之后，我希望想起她的时候都是美好的回忆。』
请好好珍惜
今天您发现的这些想法。
与其勉强自己去联系她然后变得更加厌恶，
不如稍微给彼此一点空间。
我是打算这么做。
我决定今后尽量不和妈妈打电话，只发短信。
哎呀——原来是这样啊——
不过也是呀——
びっくりびっくり
当然不想讨厌自己的妈妈了!!
看上去似乎是件微不足道的事情，但对我来说却是个巨大的发现。
※ 意外惊讶

第10话　真的要死了吗……？

二月和三月，
都过得很平静。
即便不打电话，
姐姐也会经常跟我汇报妈妈的情况
也没什么负罪感。
短信的内容，
From:
妈妈
很期待
月底又能见到
大家(^^)
也都是一些小事。
三月底，
ゾロゾロ
为了给爸爸扫墓，一大家子人又在札幌集结了！！
到了哟~
这么多人……
就好像
从来都没有过
那些烦恼……

※浩浩荡荡

*陵园
被雪盖得严严实实的!!
坟头在哪……
哎哟，这可真不得了!
来得太早了……
我来开个路。
铲雪……
妈妈的状态看起来很平和，
没事儿，我能过去。
也很开朗。
我还是扶着你吧。
ザク
ザク
感觉随时有可能踩到一个大坑。
※咯吱咯吱
隔着大衣摸到妈妈的肩膀，
已经瘦弱得只剩骨头了。
终于挖到墓碑了!
挖了得有一米吧!
（大型考古发掘现场）
笑一个——
看我这!!
不要动!!
合影留念
ワイ
ワイ

※热热闹闹

对了……
墓地的事情，
也不知道后来怎么样了。
我要在函馆
买个墓地——!!
啥？!
那时候的她一定，
完全没想到自己会
得这个病吧……
但是现在反而问不
出口了……
没办法开口
啊……
孩儿他爸
我来
看你啦——
醒醒——
※呼——呼——
那天还是我的生日，
和同样四月出生的
侄子一起，在酒店的
餐厅过了个生日。
度过了一段
非常惬意的时光。

虽然也有看上去很痛苦的时候，
肚子疼……
我给你揉揉腰。
HOTEL
紧张
担心
第二天早晨
今天怎么样？还好吗？
哈？
已经完全恢复了，说要去大丸购物呢。
但也充分展现了她与生俱来的顽强。
平安无事地
返回了大阪。
四月下旬
昨天晚上
挂了急诊，
然后就直接住
院了。
积了不少腹水。

※哔——

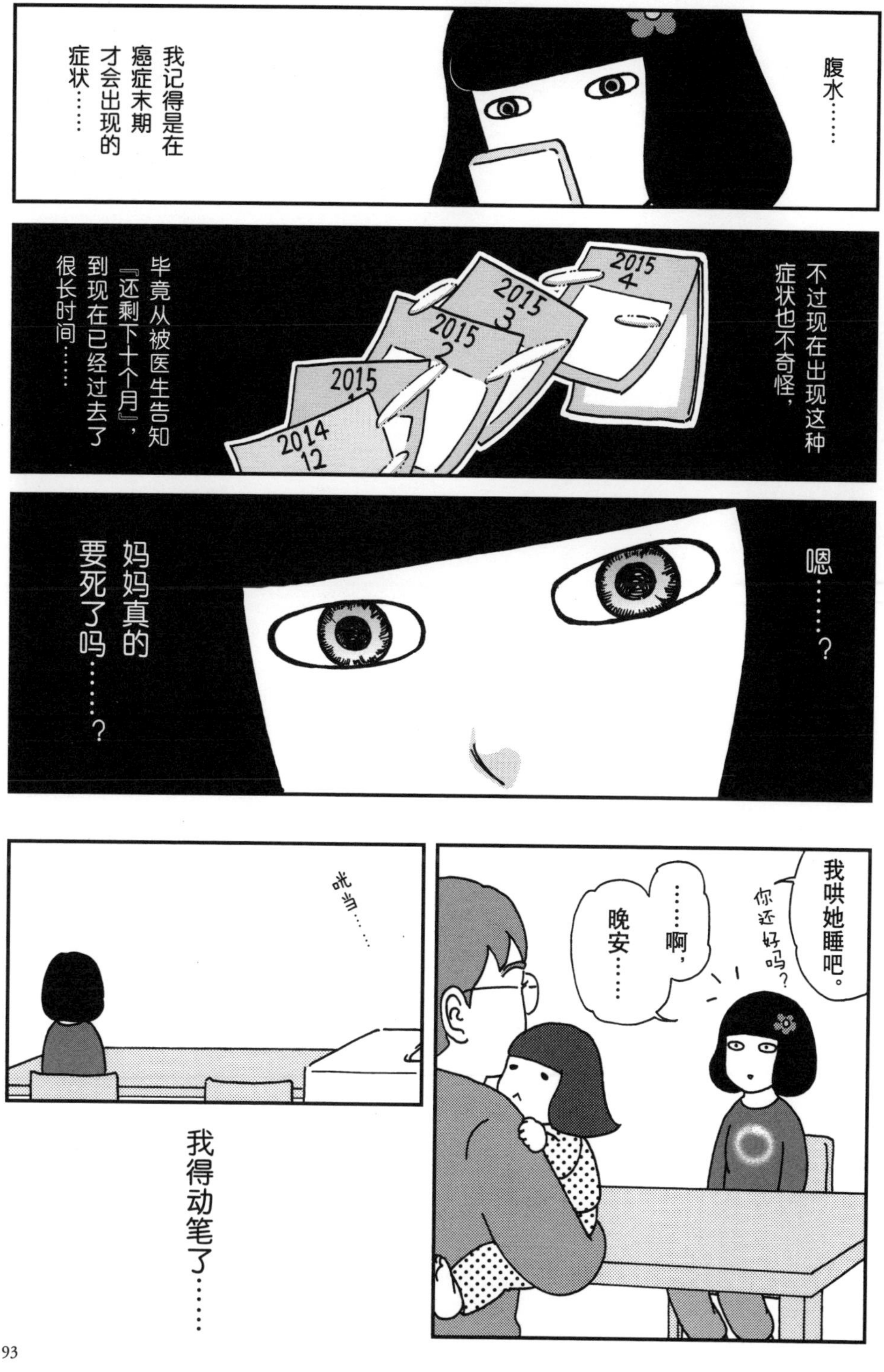
腹水……
我记得是在癌症末期才会出现的症状……
不过现在出现这种症状也不奇怪，
毕竟从被医生告知『还剩下十个月』，到现在已经过去了很长时间……
2015 4
2015 3
2015 2
2015 1
2014 12
嗯……？
妈妈真的要死了吗……？
我哄她睡吧。
你还好吗？
……啊，晚安……
咣当……
我得动笔了……

※唰唰
遗像……
她说想让我帮她画一幅来着。
我该动笔了。
シャッ
シャッ
我妈妈，
最厉害的地方就是，
她的脸真的很美……
笑的时候也美，生气的时候也美，
尤其是侧脸，像雕塑一样精致。
我小的时候经常，
咚咚
咚咚
看着妈妈的脸，心里想『好漂亮啊』！

※ 唰唰

还有，
シャシャ
她原本特别开朗。
跟人说话的时候，总喜欢大声地笑。
那时候的妈妈，
就像在闪闪发光。
她还有很孩子气的一面，
妈妈开创了我们家特有的节分仪式
把大量的零食洒满整个屋子
讨厌那些歪门邪道的事，
你一定要帮助那些有困难的人！！
内心很坚强……
——画好了。

连照片都没看，三十分钟就画好了……
之前明明一点动力都没有的。
太好了，
画出了妈妈最美的样子。
明天给她寄过去吧……
我，很喜欢我的妈妈。
不知道她能不能感受到。
对了，再写封信吧……
写上『妈妈我好喜欢你』……
『幸好还来得及。』
我这样想着，
松了一口气，不禁哭了出来。

第11话　也许，再也见不到了

二〇一五年五月中旬
每次带娃出门都会很紧张，已经开始笑不出来了。
嗯……
到了大阪我要抱抱小光~♡
超有活力
嗯……
带着女儿去大阪看妈妈，准备在那里住三天。
老公负责把我们送到机场
妈妈最近重复着住几天医院回家几天，然后再住院的生活。姐姐已经申请停职，一心一意在家照顾她。
啊，姐姐发来的消息。
还剩一个月。

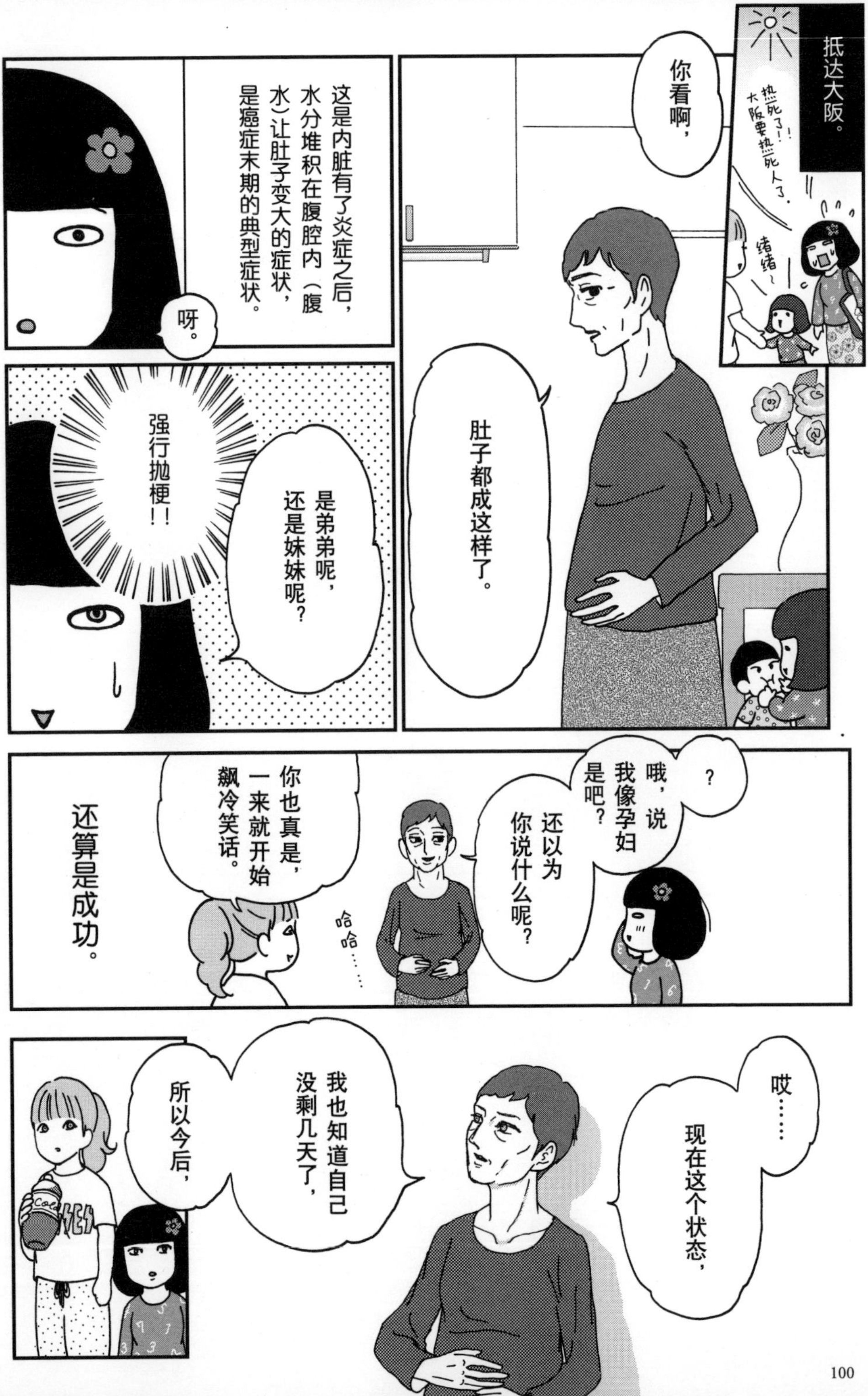
抵达大阪。
热死了!!大阪要热死人了。
绪绪~
你看啊,
肚子都成这样了。
这是内脏有了炎症之后,水分堆积在腹腔内(腹水)让肚子变大的症状,是癌症末期的典型症状。
呀。
是弟弟呢,还是妹妹呢?
强行抛梗!!
?
哦,说我像孕妇是吧?
还以为你说什么呢?
哈哈……
你也真是,一来就开始飙冷笑话。
还算是成功。
哎……
现在这个状态,
我也知道自己没剩几天了,
所以今后,

你们只要做
我想让你们做的事情就可以了！
！！！
了……了不起！！能说出这种话，真是了不起！！
干吗？
嗯，
一定一定。
现在也是这样嘛，对吧——
无论如何
我妈不愧是我妈……
女帝……
宇宙的中心……

因为有腹水，她上下床开始变得困难，
对了，
今天就到了。
所以决定换成护理专用的电动床。
为了做护理等级评估，还请来了护工。
打扰了~
千惠子阿姨，咱们聊聊天吧。
……
完全不感兴趣
这段时间以来，您一定很辛苦也很不安吧？
没关系，有什么话都可以跟我说说。
心墙被打穿的声音
biu——
妈妈的眼神突然变得楚楚可怜，拉着护工的手说了很多。
说真的，得了这个病，我真的不知道该怎么办了。
我懂，我都懂。
反而对自己的孩子就没办法敞开心扉啊……

※嗡——
妈妈特别中意这个电动床，
头能抬起来，脚也能抬起来！！
ウィーーン
哦对了，上次那幅画和信，
妈收到的时候，开心得都哭了呢。
是吗……那就好。
还玩上了平板电脑。
能看好多EXILE的视频呢~
是叫you……tube吗？
ATSUSHI的粉丝
她说到时候给她放一个在棺材里。
这么大瘾吗！
平板……
她说『我一直以为由香理讨厌我呢』。
哈？！
虽然有时候会保持一些距离吧……但我觉得对她已经挺温柔的了呀？！
妈就是这样嘛。

……也是呢。
在妈妈的强烈要求下，带着她慢慢溜达着去了趟银行。
慢点儿!!
可以的，加油!!
千千加油~
哎呀……
我把银行卡放哪儿来着？
得去取生活费了呀。
因为止疼药（吗啡）的副作用，有时候记忆会变得很模糊，
没事儿，妈，找不到也没关系的。
现金是银行卡也是
感觉好多事情都搞不清楚了，
这怎么行呢？
所以经常会有焦躁和不安的情绪。
因为有我女儿跟着，所以变成了一次愉快的散步。
去给咱妈捏捏腿。
赏你一次尽孝的机会
啊好啊
妈妈的腿水肿得厉害，
怎么样？
明明那么瘦，但是因为水肿，腿胀得很粗……
不错嘛——

腿上的水分顺着我捏的方向移动，呈现一种特别没有生机的状态……
这次是真的，
没多久了吧……
回北海道当天。
啊——没拿充电器
慌慌
张张
我去取车，
咱楼下见。
包我给你拿着
我没办法送你到楼下了……
晃晃悠悠悠
没关系啊，送到这儿就行了。
妈妈还是用力走到了电梯间。
走到这还是没问题的
可别逞强呀
过几天我再来看你……
……
不对……只有现在了。
现在，我和我妈妈在想着同样的事情。
说不定再也见不到了。

※ 轻轻地

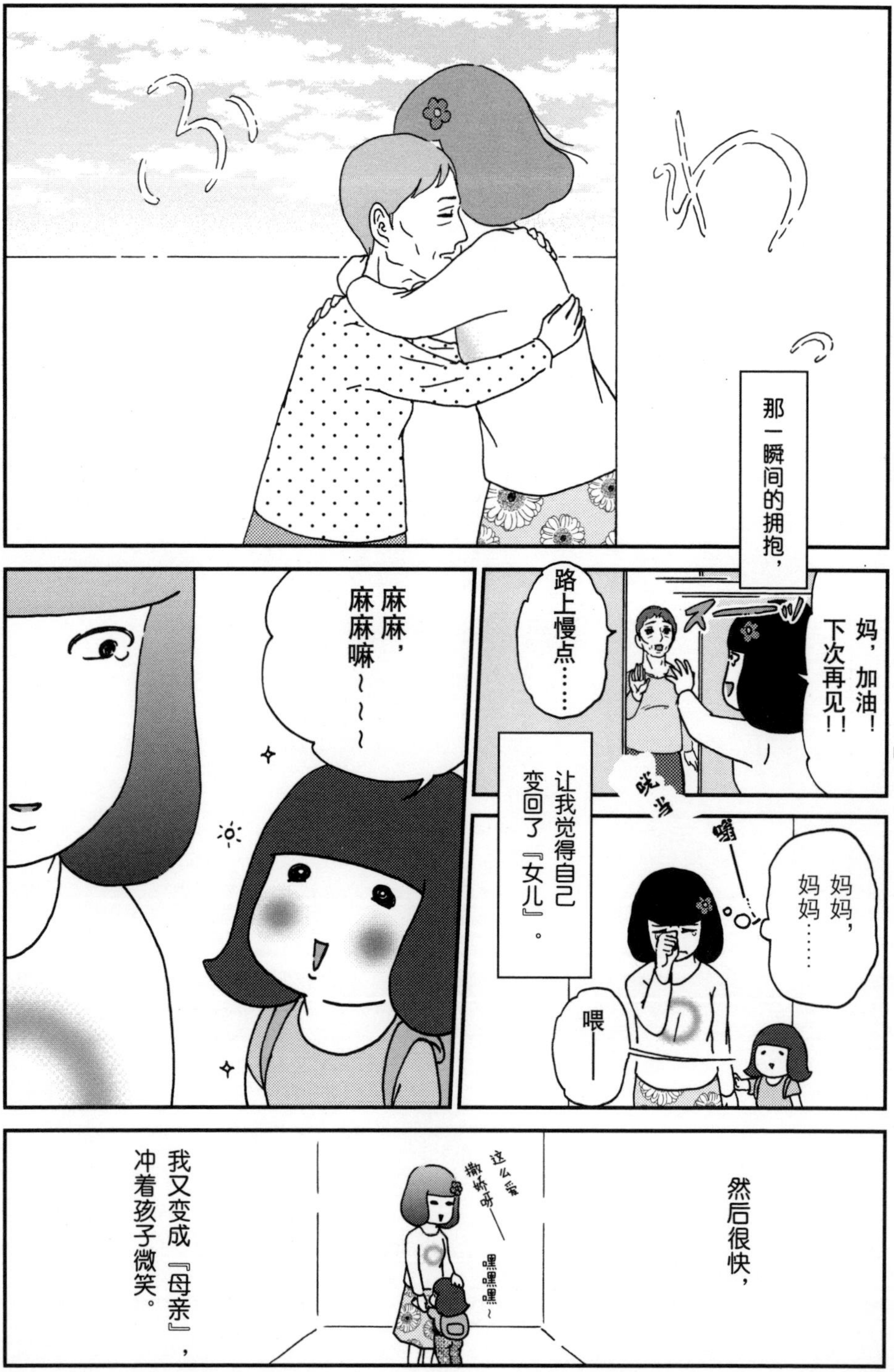

那一瞬间的拥抱，
妈，加油！下次再见！！
路上慢点……
让我觉得自己变回了『女儿』。
咣当
嘀——
妈妈，妈妈……
喂——
麻麻，麻麻嘛～～～
然后很快，
这么爱撒娇呀
嘿嘿嘿～
我又变成『母亲』，冲着孩子微笑。

※ 咻

第12话　我们过上了走钢丝一般的生活

二〇二五年六月一日，
也不知道她能不能看短信……
先发一个试试吧。
妈，感觉怎么样？十号以后我再找个时间过去看你。
从一周前，妈妈开始频繁地住院。我担心她的病情，总是坐立难安。
坐立
不安
啊，有消息。
嗯？是妈妈的短信，但是没有内容啊……
大概收到了三条这样的短信之后，
我接到了妈妈的电话。
※嘟噜噜噜
喂……喂？
妈……
……现在……
※唰

↖老公负责我的漫画收尾工作

第二天，我们去了大阪。
妈，我们来啦！
睡着了吗？
……哎呀，不用特地跑过来的……
妈妈她
比昨天……感觉好多了呢。
比半个月之前更瘦了，
瞳孔的颜色也变浅了。
从明天开始转到单间去。
哟！！那太好了。
*现在是四人间
……那不是一般病房，是临终关怀的病房……
但是千万注意别让妈发现了……

* 临终关怀病房：不以治疗为目的，而是以缓解临终前的疼痛和不安情绪为目的的病房

晚上在姐姐家附近下了个馆子。
我们开吃啦～
充电器呢
没电了啊
妈妈——

妈妈——妈妈——
……
吵死人了!!
※啪
姐……
姐姐……？
怎……
怎么了这是……？
平时把孩子惯得不像样子的姐姐，跟变了个人似的!!
※妈妈——
※肝火旺盛
这一周以来，姐姐每天都要往返于家和医院之间，
把老大送去上学后，带着老二去医院，
确认一下妈妈的情况。
然后处理一些手续，把菜买回家，抓上放了学的老大再去医院探视，晚上回家给老大看作业做饭洗澡，每天躺下都是凌晨。
※嗡——
（医院——家单程五十分钟）
身心都已经达到了疲惫的极限。
如果是单间的话，我就住在医院一边工作一边陪妈吧。
有张桌子就行!!
虽然还有工作，但是我也会尽量帮忙的。
每天两次的探视我还是会去的哦
谢谢你们~

第二天
这个单间……
太小了。
39.2m²
WC
BED
TABLE
TV
……啊?
(只剩特殊病房了所以没得选)
不……不大吗?
这间是这家医院最大的病房呀……
ハァ
奈绪她……
怎么只能拿到这样的房间……
这霸道的也太没道理了吧……
而且我跟你说,
这一片区的病房我没办法信任。
我可听说了!
这个片区的护士长,
是院长的小三!
ズバッ
!?
ええ

※ 唉……

※ 什么?!

※ 斩钉截铁

那是她的谵妄啦。
＊医院附近的小公园
环境的变化之类的也会引发谵妄。
有的是因为药物的副作用……
果然，我说呢～
但是妈她喜欢八卦这一点，完全反映在她的幻觉里了～
所以说那个单间小也是……
笃定
不，那绝对是真心话。
妈就是这样啦……
虽然是我妈……但我还是不能理解……
她到底想要啥……
不过你要是晚上住那儿的话，半夜留点神。
据说妈她担心自己上不好厕所，
半夜总是起来很多次往厕所跑。
你要是看见了就帮她一把。
好——我半夜基本上也醒着画画呢，没问题。
万一有什么事也有护士在呢！
交给我吧！！

晚上八点，等姐姐和我老公他们都回去了之后，我准备开始工作。
加油，不时休息一下，画到天亮——
哎，我说，
我想喝水……
给我揉揉腰。
得去厕所了。
来了
来了
但是要做的事情太多，
上厕所吗？我来帮您吧。
啊，那就麻烦……
别过来！
我说了我没法相信这里的人!!
呃——……
而且因为那些谵妄，妈妈总是果断地拒绝护士的帮助。
九点、十一点、十二点半……已经去了三趟厕所了啊，
陪床比我想象的累多了……
昏昏沉沉
已经一点了……
白天也忙这忙那的，有点累了，好困啊。
睡一会儿再起来画吧……
哎
她又要去厕所了!!
哈！
为什么不能好好躺下睡觉呀?!
真是的——

等一下，我过来扶你。
……
※瞪
ギロリ
呃啊~~~
她把我当成护士了啊？！
我啊！是我！！
……
……
……
にっこぉ♡
※笑眯眯
还好……
她明白了……
太好了……
就这样，
我们过上了
不知道要持续到什么时候，
也不知道能坚持到什么时候的，
走钢丝一般的生活。

第13话

不起眼的小东西，总是能拯救人心

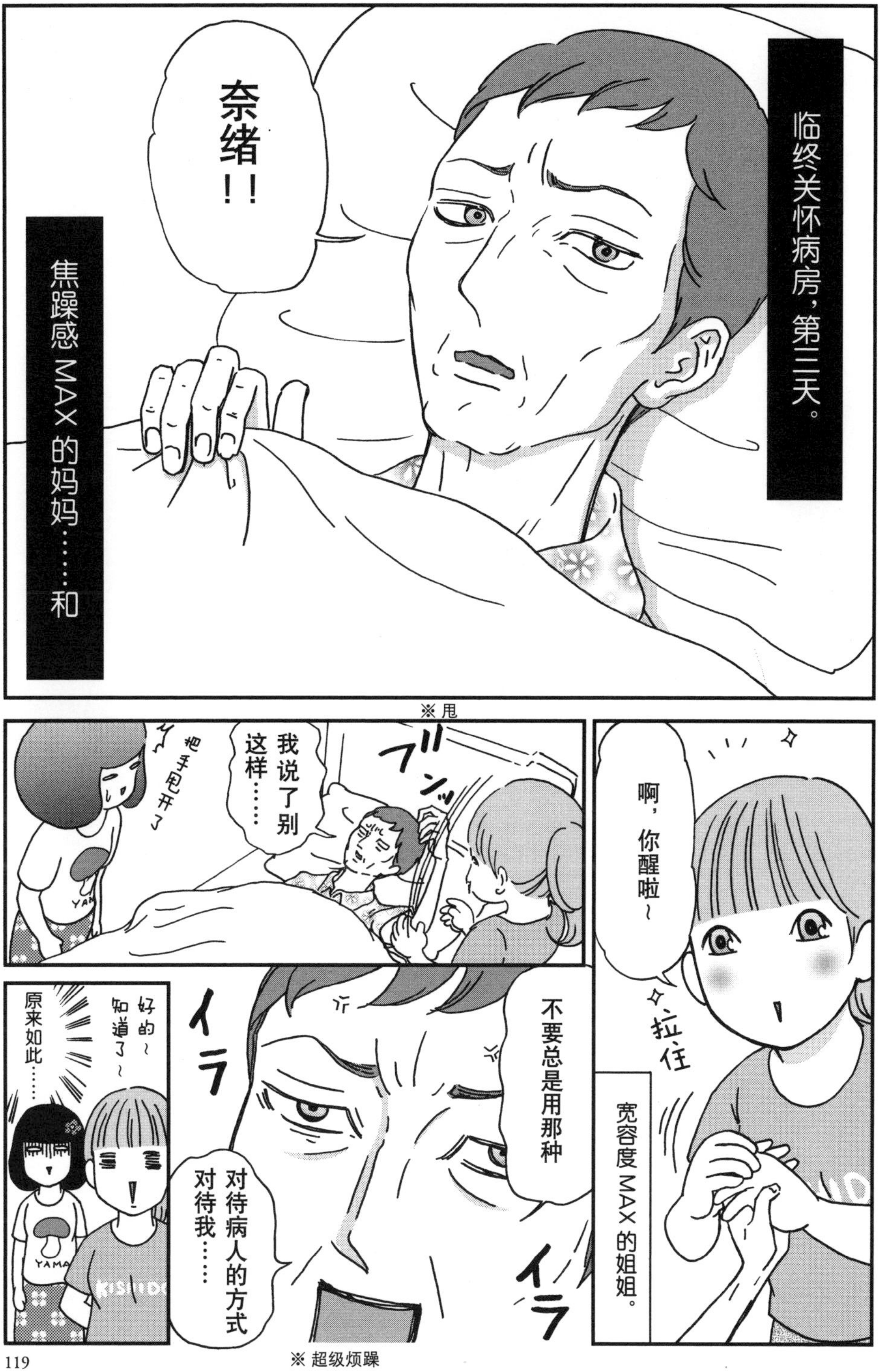
临终关怀病房，第三天。
奈绪！！
焦躁感MAX的妈妈……和
啊，你醒啦~
拉住
宽容度MAX的姐姐。
我说了别这样……
ブンッ
把手甩开了
不要总是用那种
对待病人的方式对待我……
イラ
イラ
好的~知道了~
原来如此……

※甩

※超级烦躁

我对于人在临终前的印象……
你们来啦……
真是对不住啊……
超温柔……
受电视剧影响，都是这种感觉的。
但现实，
那些护士又在监视我……
谵妄
好疼……不行了。
病痛
奈绪……快点把水给我拿过来。
焦躁
其实是这样的！！
程度因人而异……
现在我希望大家知道的一个新常识是：
『快要死了的人，是没有余力表现得情绪很好的。』
当然了……
现在是她人生中最痛苦、最煎熬、最不安的时候。
好好扶着我！
扶着呢扶着呢~
笨死了，
你不是护士吗？！
喂，
妈，你说得有点重啦。
由香理你别管，赶紧去画你的画！！
好……
好的……
这是啥情况……
你不是要赶稿子吗！！

自从来了这里，我一边对妈妈过于苛责姐姐这件事感到愤懑，一边在病房里继续和画稿做斗争……
距离截稿日还有一周……
希望这一周不要发生什么事情……
画得怎么样啦，这个漫画登在哪里呀？
登在讲谈社的《月刊 afternoon》。
跑来围观的主治医生
然后我老公
不行……
光看孩子一天就过去了……
再这样下去什么工作都完成不了，我带着孩子回老家待一待。
我去找爷爷奶奶玩咯~♥
在大阪待了三天，但完全没有时间工作。
和女儿一起Go to 神奈川☆
看到一辆叫作Dr.Yellow的网红新干线兴奋不已
走了啊……
哎呀——真是跟日常生活渐行渐远。
好疼……
啊，给你加点药吧。
现在的妈妈，每一分一秒都在跟病痛做斗争。

虽然一直通过点滴输着止疼药，
但腹部和背部的剧痛从未消失过。
我不想再继续加止疼药了……
脑子越来越糊涂，搞不清楚事情了都……
……
为此，妈妈强忍着这种剧痛。
胃部被腹水压迫得几乎没办法进食，
够了……
只吃了半个果冻……
YAMA
身体上瘦得没有一点肉，虚弱至极。
你看，
连耳垂都瘦了
我感觉脑袋特别沉……
眼睛和嘴都特别干……张不开。
即便如此，她还是坚持每隔九十分钟去一趟厕所。早晚也都要刷牙。
真不知道妈妈从哪儿来的力气。

我来探视啦~☆
由香理你去外面吃吧~
换洗衣服和孩子的尿不湿、玩具等大量行李
ゆかいキャッチ
太好了~~~
哒哒哒哒
在这种极限生活中，我唯一的幸福源泉就是
呼……
菜单
醋拌生蚝
炸生蚝
现炸鱼肉丸子
脆皮细春卷
鸡皮饺子
炸干酪
凉拌腐
700 600 500 350 450 450
沙丁鱼
大马哈鱼
鱿鱼
虾
牛排
辣白菜五花肉
呼……
咔嚓
蛋炒苦瓜瓣蛋包饭……什么神仙搭配……?!
平价美食。
享受一顿美食，大为感动，然后把照片po到网上，就是我最大的乐趣。
好幸福……!!
好嘞……今天也要通宵赶稿子咯!
××医疗中心
我回来啦~……
哎呀……真是……

怎么连毛巾被都盖不好……
好好~
又在发脾气……
那我明天再来哈~
哎哟真是的……
（念念叨叨）
妈，你呀~
把床给你摇下去啦——
嗡——
姐姐她不是挺努力的嘛，
你也多少肯定她一下嘛——
气鼓鼓……
……
为什么这么
顽固不化呢……
第二天
哎……我说，那个……
哎呀——什么来着？

啊……怎么啦？
睡着了
哎呀——真是的……
急死我了，
说不出来……
……等一下。
你看这个。
Paagle
巴哥
你先看看巴哥的照片冷静一下就好了。
破罐破摔
……

……小豆豆……
嗒
妈妈叫着已经去世了的爱犬的名字，
慈祥地看着画面中各种巴哥的照片。
这个……特别像。
还真的。
这个也挺像的。
平价美食或者是巴哥的照片
在那些痛苦、煎熬的时候，
这些不起眼的小东西，
你看——这小眼睛圆圆的。
这个也好像啊……
不过……本来巴哥长得都差不多嘛。
那不是~也有那种不行的~
这只就好丑！你看……
总是能拯救人心。

第14话　什么时候，我才能说出那句『谢谢你』

临终关怀病房，第六天。
我买花来了~
还有花艺用的篮子和吸水海绵，剪刀也有~
妈妈的爱好是西式插花，
有点开心
哟，之前一直都是躺着的……
她特别喜欢花。
我也试试~
丑死了!!
没吧~我觉得挺好的呀
笨死了!!
祝你被骂得开心……

这些花
真好看啊！
这幅画也很美呢。
那个，是我女儿给我画的。
看不出来是我吧，
现在都变成这副老太婆的样子了。
ズキン
※扎心
我还是
第一次听到妈妈贬低她自己的容貌。
——哪有啊。
我觉得没多大变化啊，
现在也跟画上的样子差不多嘛。
假装不经意的样子说出这些话，是我能做的最大努力了。
真的吗……

虽然也有特别心痛的时候……
……这个，你看……我还得去，
看，奈绪！那个！
来了~我在呢~怎么啦？
就是，
就是那个啊。
把床给摇起来哈
ウィ~
※嗡——
给鲑鱼……
罩上保鲜膜……
给鲑鱼罩上保鲜膜……？
她在做什么接地气的白日梦？！
……啊，
不对，
不是这个。
意识逐渐清醒
那么脱俗、艳丽又时尚的我妈，

要给鲑鱼罩保鲜膜!!
※噗哈哈哈哈哈
有时会因为出乎意料的谵妄症状而惹人爆笑，
※哎哟（笑得喘不过气）
有那么好笑吗……
啊，刚刚做梦，
梦到我妈在向我招手……
我告诉她说我才不要去!!
了不起!!
但有时她展现出的气魄也令我们震撼。
第七天，妈妈迎来了六十五岁的生日。
大家买了蛋糕一起庆祝，
妈妈也努力吃了一口蛋糕。

——差不多就是这些~
是吗，我知道你们一定很辛苦，拜托了。
哥哥你也加油呀！
哥哥因为老婆住院了，
爸爸你为什么一直在翻那个炒蛋？
翻来覆去
先兆早产需要卧床静养……
这个项目我们一定会全力支持。
一边带着两个孩子，一边又要工作……
完全腾不出时间来大阪。
大家都累了……
我来给你揉揉吧……
呜呜……
疼……好疼啊
真的……快让这一切都结束吧，大家都太累了……
也会有这种想法。
如果患者的疼痛难以忍受的话，只要本人同意……
就可以让她不再醒来……
所以当医生这么对我说的时候，
我觉得『这样也挺好的』。
我们可以通过药物让您一直睡觉。

什么意思……？
也就是说，让您的睡眠变深……
医生也没能说出『再也醒不过来』这句话。
从而感觉不到疼痛……
什么意思呢？我不明白。
哎呀……算了，别说了，
我听不懂你在说什么。
又要去刷牙吗？
明明都已经快走不了路了……
颤颤
巍巍
不刷牙总觉得不舒服……
※哔——

※哗——
妈妈她，已经不明白该怎么洗牙刷了。
……
就算这样她也没有放弃……
妈妈……可以了……你已经足够努力了。
足够了，谢谢你。
我想这么对她说。
但是，
面对这么努力想要活下去的人，我说不出这种话。
那……
到底什么时候，
我才能对妈妈说声
『谢谢你』呢……

※Story Another's

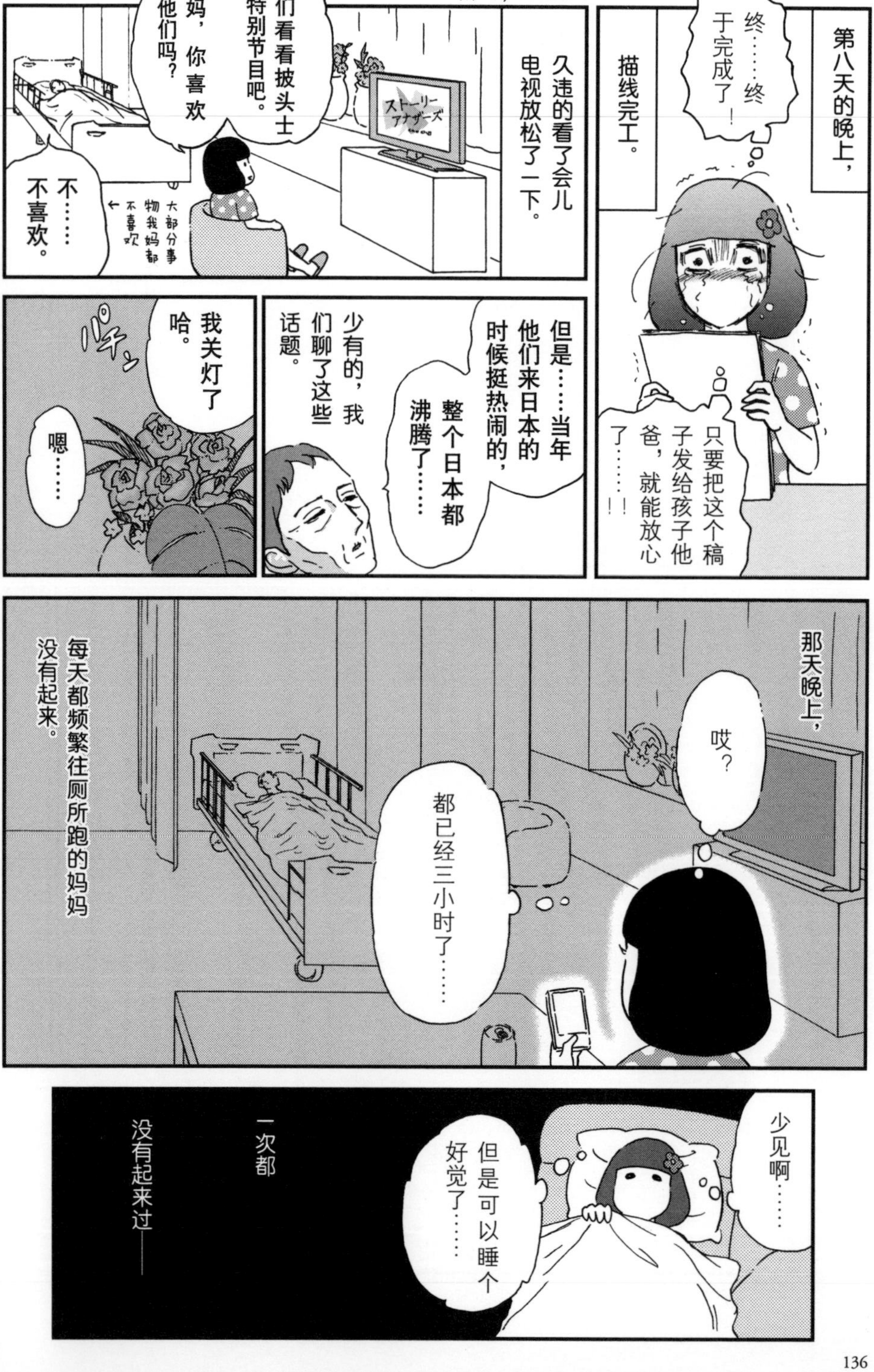
第八天的晚上，
描线完工。
终……终于完成了！
只要把这个稿子发给孩子他爸，就能放心了……！！
久违的看了会儿电视放松了一下。
ストーリーアナザーズ
咱们看看披头士的特别节目吧。
妈，你喜欢他们吗？
不……不喜欢。
←大部分事物我妈都不喜欢
但是……当年他们来日本的时候挺热闹的，
整个日本都沸腾了……
少有的，我们聊了这些话题。
我关灯了哈。
パチン
嗯……
那天晚上，
哎？
都已经三小时了……
每天都频繁往厕所跑的妈妈没有起来。
少见啊……
但是可以睡个好觉了……
一次都
没有起来过——

第15话 这个世界是那么的温柔，一切都闪闪惹人爱

第九天的早上九点。
我有点不知所措。
呼——……
呼——……
怎么办……
完全不醒啊。
妈妈
还得给她喂水喂药呢……
醒醒
要醒了吗……？
……嗯

还睡着
吵死了。
……好的，
那我先不叫您了，您慢慢睡……
中午，
姐姐来了。
不愧是我老妈♡
听说她睡着觉还骂你吵？
老——妈——啊
从鼻子插了输氧用的导管
……
……表情超级烦躁啊……
我也想听她骂我『吵死了』~
看样子妈妈意识的开关，
睡得真香啊……
看着挺舒服的~
就在昨天晚上切换了。

第十天的早晨，妈妈的哥哥来了。
喂~千千——
千惠子的小名
她已经不能说话了吗……
从昨天开始一直是昏迷状态。
我们来把她叫起来吧。
哈？
昨天还有反应呢——
比如稍微睁睁眼什么的
有没有什么能让妈想说话的事情啊……
老妈——啊
↑超级烦躁的表情
……对了，
ハッ
说咱爸的坏话！！

※ 顿悟

妈——妈——
你嫁给我爸之后可是受了不少委屈吧！
他就是个自私又暴力的丈夫，
这么长时间你是怎么过来的呀?!
……
パチッ!!
※睁眼!!
……!!
于是妈妈特别大力地抓住我的手，开始张嘴想要说话!!
醒了——
真伟大，坏话的力量了不起!!
继续说爸爸的坏话吧!!
这个话题……我没法参与……

※ 啊吧啊吧　　※ 咳咳

整个过程只有短短几秒钟……
太好了，
陪妈妈说了她最想说的话……
以前我既不愿意说，也不愿意听爸爸的坏话。
但是现在，能够说这些，
我很满足。
第十一天，老公带着女儿回来了。
稿子基本上都完成了。
麻麻～
……对了，我们去神奈川之前，
睡着了……
碰巧只有老公和妈两个人在房间的时候……
跟你说～我呀，
估计也没有几天了！
你要好好工作呀～
※嘿嘿
……妈她这么跟我说来着……
啊——？！她对我们可一直都是一副不高兴女王的样子啊？！
虽然赶回来了，但还是挺伤感的……
但是跟我老公却说了很多还挺可爱的话……

你看你，
对女儿的老公还是
挺亲切的嘛~
哎，
妈妈啊。
你在还能
说话的时候，
要是能当面
认可一次姐姐
就好了。
为什么一直对姐姐那么
苛刻呢？
就像对待
小孩子一样……
……哦，
对了。
你一定是觉得『那
孩子还不够成熟』，
『我得在她身边
批评教育她才
行』，对吧？
我好像突然理解了……
妈妈对姐姐一直是一种『有这孩子在，
我还不能死』的心态。
基本算
大人
早就
自立
幼儿
我
哥
姐
晃晃
摇摇
而对于我跟哥哥，她觉得
『我已经好好培养了他们，
所以没有遗憾』。
在妈妈心里，这两种心态••••
同时存在。
妈妈眼里的孩子们

所以啊，无论如何
这样啊～
也不能去肯定姐姐。
※呜——呜——
第十二天
为了不让妈妈走的时候孤零零一个人，
人太多了！！
我带孩子们出去吧！！
ウーウー
那你买束花回来吧
我也一起去吧
大家轮番在这里陪着她。
慌里慌张……
进入昏迷状态已经四天了。
……太久了吧？
除了少量的点滴之外不吃不喝……
人可以在这种状态下活这么久吗？！
于是我去问了护士。
那个——我妈现在是啥状态呀……
她在靠吸收腹水维持生命呢。
啊——？！
那个一直以来让她痛苦不堪的腹水吗？她现在靠那个活着吗？！
是的。
把所有东西都耗尽……
人体原来是这样的啊。
好神奇……

葬礼在钏路办。
我们已经开始商量后事了。
啥，能运过去吗？
必须运！
我在这儿待到天亮，你们明天早晨再过来吧——
你可得好好休息啊，我们就住在附近的酒店。
那天晚上，我们一家三口久违的一起吃了顿饭。
L.F.C
好吃到落泪……
三个人一起走在陌生的街道，
那是日常与非日常的中间地带。
这个世界是那么的温柔，
一切都闪闪惹人爱。

第16话　妈妈，我终于可以说了对吧？

凌晨五点半，我在酒店的房间里醒来。
姐姐刚给我发了消息……
说她要回趟家。
我们得赶紧去病房……
但是大家都很累了，没办法马上行动。
虽然出发了，但是打不到车。
明明是条大路……
可能是因为太早了吧……
焦急等待
每件事都进行得很不顺利。
不知为什么，我开始感到焦急。
在医院里一路小跑赶往病房。
啊，
泷波女士……

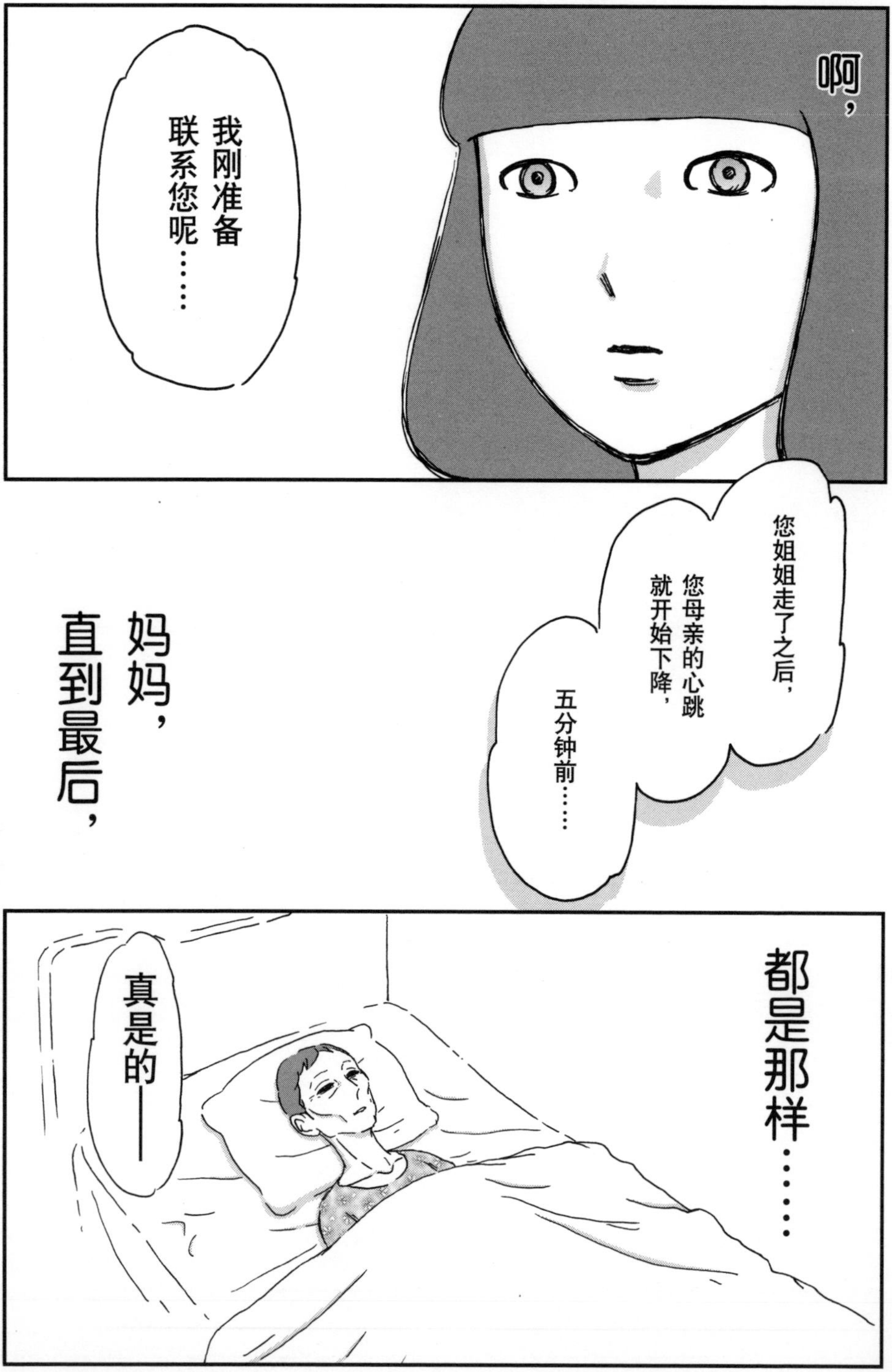
啊，
我刚准备联系您呢……
您姐姐走了之后，
您母亲的心跳就开始下降，
五分钟前……
妈妈，
直到最后，
都是那样……
真是的——

大家就是怕你一个人走，才轮番在这里守着你这么多天……
结果就让你一个人待了一小时你就……
干脆利落地走掉了！
——真是的。
不愧是我妈啊……
我去给大家打电话……
妈，
我终于可以说了对吧？

谢谢你，一直都那么努力。
还有，
谢谢你生下我，把我养大。

刚刚到家的姐姐一家，也返回了医院。
哎哟~~~你可真是的~
不想被大家看到自己走时候的样子是不是~
我们几乎没有什么时间悲伤，我们得从这里出去。
咱们得在他们做死后处理的时候赶紧把事儿都办了。
费用的结算和遗体运输的安排……
我去买答谢医护人员用的点心。
我来看着孩子们
一会儿你们怎么办？
葬礼要在钏路办……
又要和他们父女俩分开了。
我们先回札幌调整一下，后天再去钏路。
西装也没带来……
你能跟妈坐一辆车过去吗？
我开自己的车跟过去
好……
终于出来了，妈。

妈妈的嘴张着，能看见门牙，
头发也贴在脑门儿上，感觉怪怪的。
妈妈平时不是这样的。
妈妈你在干吗呀，
为什么这么早就死在这里了。
你不应该是这样的对不对……
在姐姐的强烈要求下，我们决定把妈妈的遗体送去做防腐处理，所以先把遗体送到了相关机构。
*为了防止在飞机运送过程中遗体发生腐坏
忙前忙后……
趁这段时间赶紧回家做准备
防腐处理中心
咻——
我们把妈妈生前的照片和她最喜欢的衣服交给了工作人员。
三小时后——
您母亲的装束已经整理好了。
工作人员好美啊……

我们在两颊填充了棉花，让脸型更饱满，
也化了妆。
哇——
太好了~妈又变漂亮了。
嗯，
看上去特别好。
……但是这个眼线的角度……
好像有点不对劲
没问题，可以改的。
口红的颜色也有点……
再亮一点对吧。
就这样，妈妈又变回了『平时的妈妈』……
接下来，我陪着妈妈的灵柩进到了灵堂。
感觉就是个普通的出租屋……
我有点搞不清楚状况了……
一直在这间屋子待到天亮，然后去机场。
原本说好准备一下就过来的姐姐一家迟迟不到。
只有自己所以没办法去买吃的，快饿死了。
一边看书一边通宵守香火。
大半夜，她们一家子终于来了。
对不住啊，我工作没办法请假
你们干啥去了啊？！
据说姐夫去公司的那段时间，
姐姐一个人在家完全动弹不得……

我们基本没怎么睡就开始往机场赶，
工作没睡
守夜没睡
焦虑没睡
殡仪公司帮我们安排好了灵柩的运送，所以还算省心。
但是从伊丹到羽田，从羽田到钏路，路途漫长。
ギャアアアア
※ 呜哇啊啊啊啊啊——
飞机上二娃一直在哭，姐姐根本没办法睡觉……
换我吧，我替你抱会儿!!
哈!?
烦死了大傻子滚!
转机
……?!
姐姐已经超过极限状态，精神开始失常……
ガルルル
※ 凶神恶煞
我也因为太累了，
啊……
如果我现在站在月台上，肯定就跳下去了。
『想死』的念头在心中不断滋生。
只是想休息一下，
但是因为经历过爸爸的去世所以我知道，
还远没到能休息的日子。

第17话　妈妈，咱们终于能回家了

KUSHIRO
中午过后，到达钏路。
辛苦了！！
在机场和哥哥会合。
哎，
大家都有点意识模糊……
妈妈现在在哪儿呢？
在灵车上，就在咱们后面跟着呢。
到达殡仪馆。
之后几天，都要在这儿了啊……
殡仪馆里先我们一步到达的亲戚好友们，已经把刚刚送过来的妈妈围了起来。
听说您做了防腐处理，挺少见的啊——
——这时一个工作人员，

做了处理之后就不会僵直了，所以还能动呢，你看！
在完全没有必要和没有我们允许的情况下，动了妈妈的手。
他在干吗……？！
那一秒我都没来得及阻止。
被陌生人触碰明明是妈妈最讨厌的事情，
但是当时，我反应不及，什么都说不出来。
只有懊悔。
今天守灵的休息室已经被其他人占满了……
咱们得在放灵柩的13平方米小屋里七八个人一起挤一下了。
……我跟姐姐都已经到极限了，
我们想去酒店开个房，睡个整觉。
这样啊，我是无所谓……但是有人会反对吧，女儿不在场不合适……

我甚至能看到自己在殡仪馆厕所
上吊的样子。
我跟你说，
我们现在太累了，一不留神可能就会自杀。
……我知道了，我去给你们订酒店。
那天，我们在殡仪馆待到晚上八点左右，
您不能一直敞着棺材的盖子，
这样皮肤的颜色会变暗……摸也不行……
一直盖着多憋得慌呀，以前可都是一直敞着的嘛。
代沟太严重，让人不敢掉以轻心……
之后就去了酒店。
真的没事儿吗……
TAXI
就算说咱们没常识也管不了了，再这样下去明天就是三口棺材了！！

秒睡
休息一下就去吃个晚饭……个晚饭……晚饭……饭……zzz
清晨
端杯咖啡溜达了一会儿
睡得真好……
钏路港
闪闪
发光
一不小心就会死掉的那种感觉已经消失了。
亲戚们从各地不断赶来，
*在北海道，守灵是最重要的仪式。
花圈可真不少啊。
老公和女儿也到了→
感觉像是……什么真人秀一样。
完全没实感
马不停蹄地为守灵做准备。
（四岁）
我女儿已经明白『死』意味着什么了，
再也见不到了……
好想千千啊……
（六岁）
我要是集齐龙珠，千千是不是就能复活了？
在侄子那里还有些虚幻。

守灵开始了，
人们依次过来行礼。
人们越是悲伤，
我的眼泪就越流不出来。
我的朋友们也来了。
租的礼服，结果选了个不太合身的，好难受。
你看这肩膀
好浮夸的垫肩……
嗯，确实有点……
我说，这家殡仪馆的附近肯定有一家狗粮厂。
我也觉得！！这个味道。
是吗？
养过狗
可以聊一些无关紧要的话题，让我放松……
该去拍合影了。
北海道有这种习俗
我的脑子还是很乱
对着镜头开始微笑

之后，又过了一夜。
我的妈妈……温柔的妈妈……
总是给人温暖……安全感……笑脸盈盈的妈妈……
追悼会上，
那么接下来请××先生致辞。
不知道是谁，在他的致辞里……
讲着和我妈妈一点都不沾边的谜一般的朗诵词，
人们为此感动落泪……
我们家明明是令人害怕的……严厉的……让人惊心动魄的妈妈……
场面变得有些超现实。
接下来是百天忌辰的法事……
接下来，一口气念完了今后一百天的所有经文……
*提前法事：把头七、七七和百天忌辰的法事都提前到这天完成。
哇……已经一百天了……
粗线条……
母亲一直都非常严厉，
对对对
是是是
如果她还在，她应该会说『干得不错』!!
最后哥哥的致辞让我和姐姐都深表赞同……

然后前往火葬场，火化。
人要变成这样，
真的是拦都拦不住的事情……
又回到殡仪馆，准备撤退。
匆匆
忙忙
滚动……
※啪！
西瓜自己从桌子上滚了下来……
仿佛我妈在怒吼『别把我一个人扔在这儿』……
无法摆脱对母亲的畏惧……
这一年，骨灰就放在大阪吧。
忙碌了这么多天，
妈妈
咱们终于能回家了。
我们也回了札幌。

从我去大阪那天算起，正好过了半个月。
家里真好……
感慨万千
麻麻～麻麻～
我跟你说哦～
虽然带了一个小小的遗像回来……
パタン…
※吧嗒
但我还没有心情把它摆出来。

『终于能休息了』，身体和心理都充溢着这种感觉。

第18话　然后，继续出发

又过了一个月，
我试着把遗像从抽屉里
拿了出来。
但总是会回想起最后那段时间的艰辛。
还是挺难受的……
所以我还是无法对着照片双手合十，
或是对妈妈说说话。
我还是做不到啊，
妈妈。

另一边，姐姐……
完全收拾不完啊，
保险的手续也堆成山了。
本来想把东西都处理掉的，但是一看到衣服什么的，我就哭得没法干活儿了~
啊……
我也帮不上什么忙，真是对不住……
也得慢慢走出来嘛。
还有一大堆要干的事情，看起来很辛苦的样子。
哥哥家第三个宝宝出生了，
比预产期早了一些，不过很健康!!
第六个孙子……
但最爱吵吵闹闹的那个人，
已经不在了。
※吵吵闹闹
那你去吧。
嗯，剩下就交给你啦。
生活
还是很快乐的。

无牵无挂地笑着喝酒的日子是多么可贵……
超级开心，人生真美好。
工作也很顺利。
什么?!问我要不要一起去肯尼亚和中国录制电视节目!!
我觉得你应该去，
家里的事情就交给我吧。
活菩萨吗?
十月我去了肯尼亚，
采访一位从盗猎者的枪下保护野生动物的日本女性……
转年一月我又去了北京。
采访一位一边学习中文一边在当地做演员的日本女性……

每一天都很充实，

这半年来，我一直在不断地前进，

很少想起妈妈的事情。

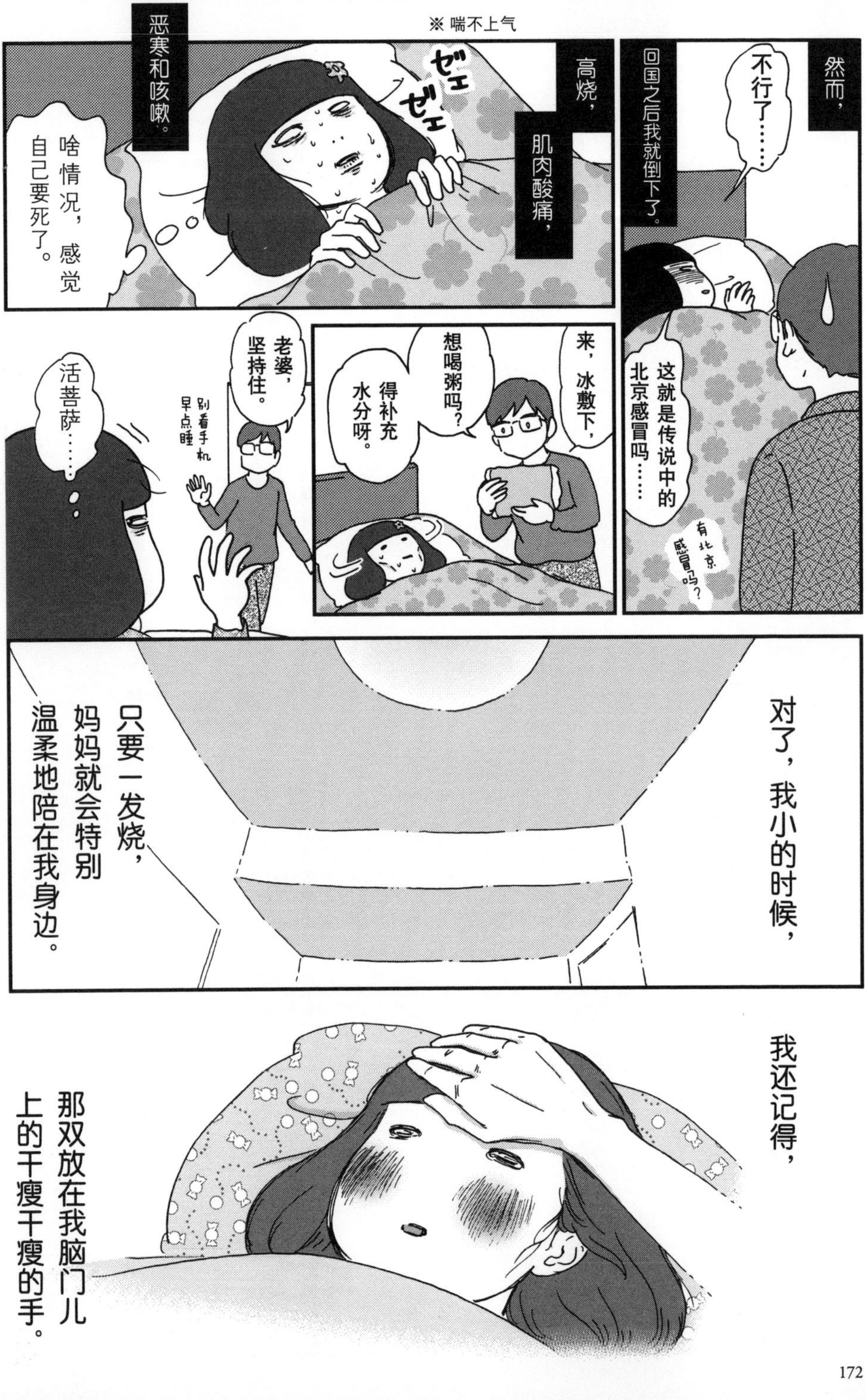

※ 喘不上气
然而，
回国之后我就倒下了。
不行了……
高烧，
肌肉酸痛，
恶寒和咳嗽。
ゼェ
ゼェ
啥情况，感觉自己要死了。
这就是传说中的北京感冒吗……
有北京感冒吗？
来，冰敷下，
想喝粥吗？
得补充水分呀。
老婆，坚持住。
别看手机早点睡
活菩萨……
对了，我小的时候，
只要一发烧，妈妈就会特别温柔地陪在我身边。
我还记得，
那双放在我脑门儿上的干瘦干瘦的手。

ぶわっっ
※呜哇
妈……
你来陪陪我呀！！
我这么努力，
这种时候你是不是应该关心关心我呀！
吧嗒
吧嗒
你为什么不在啊？！
你为什么死了啊？！
我，
我好想你啊……
终于
哭出来了……

二〇一六年十月，骨灰入土。
来吧大家，拜一拜千千婆婆。
齐齐
整整
NEW!
她还说要再搞一个墓碑呢，结果还是跟爸爸放在了一起嘛。
她没跟我说呀——
估计不是认真的
哎，骨灰都是混在一起的吗?!
※哔——
↖墓碑下面的骨灰存放处
我一直以为会把骨灰盒一起放进去……
原来是要混合的啊……
对我来说是个耸人听闻的事情。
（每个地方的习俗不一样）
这一年半以来，姐姐一直和妈妈的骨灰生活在一起。
这时的她，看起来有些失落。
每年到了妈妈的生日，
姐姐还是会给她庆祝。
估计十年后她也还在坚持……
今天是千千的生日哟！ 2017 ☆
直到现在，
我也不会对遗像双手合十。

不好意思啊，连束花都没有。
倒是给你放了不少零食，就凑合一下吧。
和她还在的时候一样，我会有些冷漠地对她说几句话。
我觉得这样就挺好。
麻~麻~
我要把这个好吃吃给千千。
真是个乖孩子……
COSMETIC DO
Nail Sa
一晃，已经过了三周年祭日。
又过了两年啊……
但是，
啊……
直到今天，我还是会不自觉地注意到那些长得像妈妈的人。

希望
您一直健康。
请比我的妈妈活得更久，
更幸福。
我会停下脚步，祈祷似的在心里默念。
……
然后，
继续出发。

后记

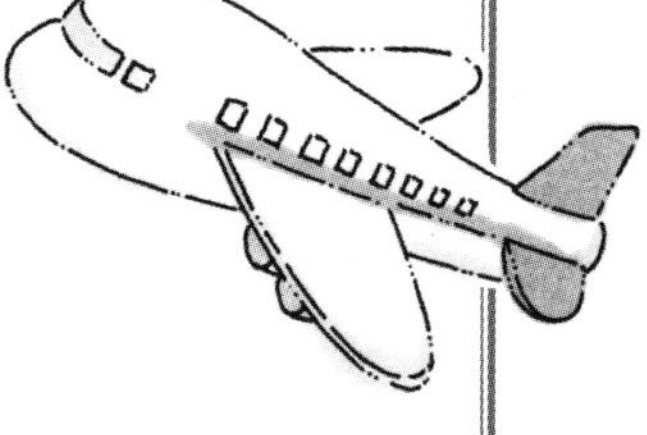

非常感谢您把这本书读到最后。

从连载的时候开始就有很多读者朋友给我来信，里面满是表达感动和鼓励的话语。承蒙各位读者的鼓励与支持，这本小书才得以出版。

说实话，直到现在，我都还没有真实地体会到那种妈妈已经不在世上的感觉，

但是下次给她扫墓的时候我准备告诉她，

『妈，我把你努力生活过的那段日子画成了漫画，还出书了呢！』

我的爸爸和妈妈都不是那种
『普通』型的父母，

但他们都是很重情义且有
魅力的人。

现在，我常常会非常怀念他们。
同时，对他们的感恩之情也随着
时间的推移变得越来越浓。

为这本书的出版给予了大力支持和帮助的各位，
以及现在正在读这部作品的读者朋友们，
我想再次诚挚地对你们说一声『谢谢』。

期待我们再次见面！☺

泷波由香理

日文版设计　大久保明子
首次刊载于CREA WEB COMIC-ESSAY（2016年5月至2017年10月）。

图书在版编目（CIP）数据

来不及说谢谢你 ／（日）泷波由香理著； 袁舒译．—— 北京： 新星出版社，2021.5

ISBN 978–7–5133–4444–9

Ⅰ．①来… Ⅱ．①泷… ②袁… Ⅲ．①中篇小说–日本–现代 Ⅳ．① I313.45

中国版本图书馆 CIP 数据核字 (2021) 第 060515 号

来不及说谢谢你

[日] 泷波由香理 著 袁舒 译

策划编辑：东 洋
责任编辑：李夷白
责任校对：刘 义
责任印制：李珊珊
装帧设计：冷暖儿

出版发行：新星出版社
出 版 人：马汝军
社 址：北京市西城区车公庄大街丙3号楼 100044
网 址：www.newstarpress.com
电 话：010-88310888
传 真：010-65270449
法律顾问：北京市岳成律师事务所

读者服务：010-88310811 service@newstarpress.com
邮购地址：北京市西城区车公庄大街丙 3 号楼 100044

印 刷：北京美图印务有限公司
开 本：880mm × 1230mm 1/32
印 张：5.75
字 数：50千字
版 次：2021年5月第一版 2021年5月第一次印刷
书 号：ISBN 978–7–5133–4444–9
定 价：78.00元